MISHIMA YUKIO

三 岛 由 纪 夫

作品系列

爱的饥渴

译者＝兰立亮

Mishima Yukio

三 岛 由 纪 夫

上海译文出版社

……我便看见一个妇人，坐在一只朱红色的野兽身上。

《启示录》①第十七章

第一章

那天，悦子在阪急百货大楼买了两双混纺毛袜，一双深蓝色，一双茶色，均是朴素的纯色袜子。

即便来到大阪，她也只是在阪急电车终点站的百货大楼采购完就直接乘电车打道回府，也没有看场电影。别说吃饭了，就连杯茶都没喝，因为再没有比街道上熙熙攘攘的人流更让悦子心烦意乱的了。

如果想去的话，顺着梅田站的楼梯下到地下，坐地铁到心斋桥或道顿堀也并不费事。而且，出了百货大楼朝前走走，横穿十字路口的话就到了大都市边上，花天锦地的浪潮排山倒海般涌来，路边擦皮鞋的少年们一声接一声地吆喝着"擦皮鞋！擦皮鞋！"

在东京土生土长的悦子，并不了解大阪这个城市，她对这个城市，这个属于绅商、流浪汉、小工厂主、股票经纪人、暗娼、鸦片走私者、职员、恶棍、银行家、地方长官、市议会议员、唱义太夫节①的、做小妾的、小气的太太、报社记者、曲艺演员、女招待和擦皮鞋的这些人的都市，持有一种无法言说的恐惧心理。其实，悦子所恐惧的，或许不是城市，而仅仅是生活本身，难道不是吗？生活是一片变化无常、残酷无情的大海，浩瀚无垠且充满了各种漂流物，但海水总是清澈而湛蓝。

悦子把印花布购物袋横向打开，将买的袜子放在袋子底部。此时，闪电在敞开着的窗户那里一闪，接着雷声大作，将柜台的玻璃架震得微微颤动。

狂风席卷而入，吹倒了上面悬挂着写有"特价商品"纸条的小告示牌，店员们跑着去关窗户。店内光线十分昏暗，一整天都开着的电灯感觉像是突然增加了亮度似的。但是，看情形还不会下起雨来。

悦子把印花布购物袋挎在手腕上，任由弯曲的竹子手柄从手臂滑落到手腕上。她将双掌按在脸颊上，觉得面部灼热。这种事经常发生，没有任何理由，当然也没有任何病因，双颊就像突然着了火似的火辣辣的。原来的纤纤细手，现在出了水泡，由于日晒，原本手掌上的那种娇嫩开始看上去有点粗粗拉拉，这粗糙的手碰到火辣辣的脸颊，使双颊更烫了。

现在她觉得什么事都可以做，感到过了那个十字路口，就像走在跳台上那样径直走过去，似乎就可以跳入那条街的中央。这样一想，悦子的目光便投向了从柜台之间经过对杂乱无章的商品无动于衷的人群，同时迅即沉溺在极速的狂想之中。这个乐观的女人，缺乏想象不幸的天分，她的怯懦，均是由此而来。

……那种勇气是什么东西赋予她的呢？是雷鸣？还是刚才买的那两双袜子呢？悦子急匆匆地拨开人群朝楼梯走去。楼梯上人头攒

---

① 义太夫为江户时代前期大阪的竹本义太夫创始的净琉璃之一种，义太夫节为其曲调。

动，她下到二楼，又接着下到了靠近阪急电车售票处的一楼大厅。

她望了望室外，在这一两分钟内，暴雨沛然而至，仿佛很久以前就一直下个不停那样，沥青路面上已经湿漉漉的，猛烈的雨线砸在地面上溅起了水花。

悦子朝出口走去。她恢复了冷静，彻底安下心来，感觉到一种如同轻度眩晕般的疲劳。她没带雨伞，还不能走出去……不，她已经没有出去的必要了。

她站在靠近出口的地方，想看看因为大雨而突然淹没在雨雾中的市内电车、道路标识和机动车道对面那一横排的商店。但是，雨水溅到了她站的地方，打湿了衣服下摆。出口处人声鼎沸，一个男人将皮包顶在头上跑了进来，一个穿着西装的女人用围巾遮着头发跑了进来，他俩简直就像是为了悦子匆匆集结而来。唯有悦子一人没有淋湿，她周围站满了淋成落汤鸡的男男女女。他们像是职员，在抱怨鬼大气，开玩笑的同时，又多少带些优越感转过身来望着自己刚刚急匆匆逃离的大雨，将脸庞朝向那大雨倾盆的天空，一时无言。悦子也夹杂在这些潮乎乎的面孔之中，仰望着下雨的天空。雨好像是从高得离奇的地方正对着这些面孔井然有序地飘落下来。雷声远去，只有暴雨的声响麻痹了人的听觉，麻痹了人心灵的知觉。偶尔划破雨声的汽车鸣笛声、车站的高音喇叭那震耳欲聋的呼叫声，都无法与这雨声匹敌。

悦子离开避雨的人群，排在售票处那条延绵蜿蜒的无声的队伍后面。

阪急宝冢线上的冈町站，距梅田约三四十分钟的路程，快车在此站不停。大阪许多人因遭受战争灾难而迁至丰中市①，市郊兴建了大量府营住宅区，所以人口与战前相比成倍增加。悦子所住的米殿村也在丰中市内，隶属大阪府，严格意义上说并不是农村。

虽说如此，但如果想买到物美价廉的商品，则必须要花上一个多小时前往大阪购买。明天就是秋分了，悦子打算买些丈夫良辅生前爱吃的柚子供奉在他的牌位前。不巧的是，百货大楼水果柜台的柚子已经卖完，她本无意去外面购买，或许是受良心谴责，或许是被某种默默的冲动所驱使，她打算去街上购买，却因下雨未能成行。仅此而已，除此之外没有任何事情发生。

悦子坐上了一趟开往宝冢方向、逢站必停的慢车，车窗外阴雨绵绵。站在她前面的乘客打开一份晚报，晚报的油墨气味使她从沉思中醒过神来，她像做了什么亏心事似的四下看了看，一切安然无事。

列车员吹响哨子时那种声音的战栗，发车时那种好似漆黑而沉重的铰链彼此摩擦而发出的震动，电车重复着这些单调的运动，一站接一站吃力地前行着。

天气雨过天晴，悦子扭过头，目不转睛地凝视着从云缝中投射出来的几道阳光，那些光线如同伸出的洁白而绵软的手，无力地落在大阪郊外居民区的建筑群上。

悦子的走路姿势活像一个孕妇，步态懒散得让人觉得有些夸张。她自己尚未意识到这一点，也无人提醒她纠正，这种走路姿势

---

① 位于大阪府北部北摄地区的近郊城市。

成了别人强加给她的一个标志，犹如一个淘气包在朋友们的脖颈后面悄悄悬挂的纸条那样。

从冈町站前走过八幡宫的鸟居①，再穿过小城市品目繁多的繁华街，终于来到了住户稀少的地带。此时，由于悦子步履蹒跚，暮色已经笼罩了她。

府营住宅区已是万家灯火，这些乏味的小村庄数量众多，有着同样的形状、同样的大小、同样的生活、同样落后的经济。尽管穿过这里的道路是一条近道，但悦子总是忌讳走这条路。可以一览无余的这些住宅的室内，廉价的橱柜、矮脚饭桌、收音机、平纹薄毛呢坐垫以及有时甚至随处可见的粗劣饭菜、大量的水蒸气，这些都令她怒火中烧。她的内心大概只有幻想幸福的想象力是发达的，这颗心并没有从这些情景中看到贫穷，只能瞥见幸福。

道路变得昏暗，虫儿开始鸣叫。路上随处可见的水坑，映照着即将消失的残阳。路左右两侧是被饱含湿气的微风轻拂的稻田，那种笼罩着黑色起伏之物的水田，那种垂头丧气的沉甸甸的稻穗，不像白天那样一派丰收之灿烂，呈现出无数死气沉沉的植物聚在一起的情景。

悦子走过农村特有的那种令人厌倦、兴味索然的弯路，来到河边的小路上，这一带已属米殿村范围。小河与小路之间是一片竹林，从此地一直到长冈，都以盛产孟宗竹而远近闻名。在竹林断开之处，可以看到有条小路通向架在小河上的木桥。悦子过了木桥，从以前是佃农住处的房屋门前走过，爬上了一段被茶树篱笆所包

---

① 鸟居是类似牌坊的日本神社附属建筑，代表神域的入口，用于区分神栖息的神域和人类居住的世俗界。

围，在枫树、各种果树之间蜿蜒而上的石阶，打开了石阶尽头杉本家偏门的拉门。杉本家的宅邸乍一看像是别墅，其实是一幢因房屋主人出于精打细算的节俭精神，在不显眼之处使用缺乏雅趣的廉价木材建成的房子。悦子打开偏门的拉门，听到弟妹浅子的孩子在里面的房间里嬉笑。

孩子们又笑了起来。他们因何事那样笑个不停呢？不能让他们就这样肆无忌惮地笑个不停……悦子无奈地想着，将购物袋放在了门口的地板上。

杉本弥吉在米殿村购置万坪①地产是一九三四年的事。五年后，他便从关西商船公司退休了。

弥吉出身于东京近郊的一个佃农家庭，他奋发图强，在大学毕业后进了当时位于堂岛的关西商船大阪总公司。虽然把妻子从东京接了过来，在大阪度过了大半生，但他还是让三个儿子在东京接受了教育。一九三四年他出任专务董事，一九三八年当上社长，并在第二年激流勇退。

一次偶然，杉本夫妇因友人故去而前往墓地拜祭，被市营的、名为服部陵园的新墓地周围的大片土地那绵延起伏的景象所吸引，问了别人，才知道这里叫米殿村。他们选购了一处被竹林和栗子林包围，且适合开发为果园的斜坡上的土地，于一九三五年盖了幢简

---

① 日本土地面积单位，1坪约3.3平方米。

朴的别墅，同时委托园艺师种植了果树。

然而，这里根本没有成为如妻子、儿子所期待的那种带有别墅情调的休闲生活据点，而仅仅成为每周携家眷从大阪驱车而来，亲近阳光，享受种田乐趣的落脚点。长子谦辅是个没有朝气的业余艺术爱好者，他极力反对父亲这种健康的兴趣，打心眼里鄙视，但他性格软弱，被父亲牵着鼻子走，最后总是情非所愿地同弟弟们一起挥锄耕作。

大阪的实业家中，这样的人为数不少：吝啬的秉性中，京阪式的生活水平为表，快活的厌世哲学为里，二者表里一致。他们并不追求在知名的海滨和温泉胜地建别墅，而是在地皮便宜，交际也不太花钱的山间僻地建造房屋来享受耕种的乐趣。

杉本弥吉退休以后，便将生活的大本营移到了米殿。米殿究其语源，大概是米田的意思。据说太古时被大海覆盖，如今土质相当肥沃，一万坪田地出产各种果蔬，一户佃农和三个园丁协助这个业余园艺师劳作，数年之后，杉本家的桃子甚至成了市场上受欢迎的紧俏货。

杉本弥吉蔑视着战争熬了过来，那是一种独具一格的蔑视方式。他总是说城里的那帮家伙目光短浅，所以不得不忍受粗劣的配给品，不得不高价买黑市米。因为自己有先见之明，才能过上自给自足、悠然自得的生活。照他这种将一切都归功于先见之明的语气，连身不由己从公司退休这件事，他也觉得是因为有先见之明才退的。一副将退休的实业家不得不经受的、几乎等同于俘虏体验过的痛苦和倦怠遗忘到别处的神情。就像半开玩笑地说与自己没有特别过节的人的坏话一般，他故意贬低军部。他的老妻因急性肺炎服用了一种被冠以军医学发明的新药，这种药是从大阪军医司令部的友人那里寄过来的，根本没有效果，彻底害死了她。因为这件事，弥吉对军部的诋毁越发不可收拾。

他事必躬亲，亲自下地割草、耕种，农民之血在他身上苏醒，田园之趣成了他的一种热情。如今，妻子看不到自己，社会也看不到自己，他甚至满不在乎地用手按着一侧鼻孔擤鼻涕。在被金属链条、板正的西装背心和西装背带所束缚的衰老的肉体深处，浮现出农民那样的骨骼；保养很好的脸庞之下，完全呈现出一副农民的容颜。看了这张脸就会明白，过去令部下胆战心惊的横眉和炯炯有神的目光，其实也是一种上了年纪的农民的脸型。

可以说，弥吉平生第一次拥有了田产。他过去拥有充裕的宅基地，这个农场在过去的他看来也只是宅基地，如今却已开始呈现出"田产"的样子。他那仅以田产的形式来理解"拥有"这一概念的本能复苏了，觉得自己一生的业绩好像第一次以这样一种实实在在的形式随手可及，随心可得。现在，他认为那种以暴发户特有的心态蔑视父亲、诅咒祖父的情感之源，似乎都可归结于他们连一坪田产都不曾拥有这一点。出于一种类似复仇的爱心，弥吉在故乡的菩提寺修建了一片大得离奇的家族墓地来安置历代先祖，没想到良辅竟第一个埋到了那里。那样的话，当初将家族墓地修在紧邻的服部陵园就好了。

儿子们很少从东京来大阪看望父亲，理解不了父亲的这种变化。长子谦辅、次子良辅、三子祐辅各自心中的父亲形象，尽管存在着不同程度的差异，但都是过世的母亲一手培养起来的样子。母亲身上带着东京中流社会出身的人所具有的通病，只许丈夫伪装成上流的实业家，一直到死都禁止丈夫用手擤鼻涕，禁止在人前抠鼻屎，禁止喝汤时发出声响、朝火盆的灰里吐痰。此类恶习如果被社会包容的话，反而会被人们亲昵地称赞"具有豪爽气质"。

弥吉的变化，在儿子们看来有点可怜、愚蠢，完全是在凑合。他那意气风发的样子，像是又回到了担任关西商船公司专务董事的时代。然而，这一次他是一个极其唯我独尊之人，失去了那种工作上的灵活性，这一情形最像农民追赶偷菜贼时发出的那种怒吼声。

二十铺席左右的会客室里，装饰着弥吉的青铜胸像，悬挂着出自关西画坛泰斗之手的肖像油画。这胸像和肖像画，都是按照《大日本某某株式会社五十年史》那样的大型宣传册卷首上排列的历任社长照的样式制作出来的。

儿子们之所以觉得全是凑合，是因为这尊胸像的姿态所呈现的那种戏谑式的倔强、反社会姿态的那种装腔作势的浮夸，在这个农村老头心里仍然根深蒂固。他带着农村头面人物那种派头，用土里土气的傲慢语气说的那些军部的坏话，被老实的村民理解为忧国之赤诚，对他更是尊敬有加。

长子觉得这样的弥吉令人作呕，却反而比所有人都抢先一步投奔了父亲，这一结果实在是一个讽刺。他过着无所事事的生活，因哮喘这一慢性病得以免除应召入伍，当得知唯有被征用这事儿像是逃避不了的，才急匆匆靠父亲的关系抢先被征用到米殿村邮局。妻子和他一道迁居于此，应该多少会发生一些纠纷，可谦辅一直稀里糊涂地对傲慢的父亲那独断专行的行事态度逆来顺受。在这一点上，他那善于讽刺的天分，淋漓尽致地表现了出来。

战争一进入白热化，最初的三个园丁一个不剩地都出征了。其中一个青年老家是广岛县，他派来家中刚刚小学毕业的弟弟来顶替他的园丁工作。这孩子名叫三郎，从母亲那里接受了天理教，四月和十月的天理教大祭，他都会在天理教信徒集中修行时同母亲相见，穿着后背阴文印染有白色"天理教"字样的号衣参拜"御本殿"。

……悦子将购物袋放在地板上，就像测试地板的回响一般观察着室内的暮色。小孩子的笑声不断地回荡着，原以为是笑声，仔细一听才发现是哭声，这声音摇荡着那鸦雀无声的室内的黑暗，大概是正在做饭的浅子把孩子丢下不管的缘故吧。她是尚未从西伯利亚回来的祐辅之妻，一九四八年春天带着两个孩子投奔到这里，那正好是悦子丈夫去世、弥吉邀她来这里一年前的事。

悦子正要去自己那间六铺席大小的房间，突然看到格窗上有灯光，但她脑子里并没有忘记关灯的印象。

拉门打开了，弥吉面朝书桌正聚精会神地看着什么东西，他惊慌失措地回头看了看儿媳。从他的两只手腕之间可以窥见红色的皮书脊，所以悦子很快就明白了他在读自己的日记。

"我回来了。"

悦子用开朗欢快的语调说道。尽管眼前之事令她不愉快，但实际上她的表情与独自一人之时判若两人，动作也像年轻姑娘一样干脆利落。因为死了丈夫的这个女人，已是所谓的"独当一面之人"了。

"回来啦，真晚啊！"

弥吉这样说道。——他没有老老实实地说"回来了，真早啊"这句真心话。

"我肚子饿坏了，刚才闲得无聊，正拿本你的书看着呢！"

他拿给悦子看的书是一本小说，他用这本书神不知鬼不觉地替换了日记本。这本书是悦子从谦辅那里借的外国翻译小说。

"这本书对我来说太难了，不知道都写了些什么。"

弥吉穿着干农活时穿的旧灯笼裤，上身穿军装样式的衬衫，外面套了一件旧的西服背心。这身装束这几年一直未变，但他那谦虚到低三下四程度的态度，与战争期间的他，与悦子所不了解的他不可同日而语。不仅如此，他还出现了肉体的衰老，目光不再犀利，那傲慢地紧紧闭着的双唇也微微松弛了下来。而且，他说话的时候，两边嘴角像马那样积着白色的唾沫。

"没有柚子呀！我找了很长时间，但还是没有啊！"

"那太遗憾了！"

悦子坐在榻榻米上，将手插进腰带里。走路产生的热量，使腰带内侧宛如温室一般充满了体温。她觉得自己胸脯汗津津的，是那种如虚汗一般密密麻麻且完全冰凉的冷汗。这些冷汗飘散而出，使周围的空气带着汗味，其自身却完全冰冷了。

她觉得似乎有什么东西将她整个身体五花大绑，令她感到浑身不自在，就将跪坐而并拢的双腿叉开了。这一瞬间的举止对不太熟悉的人来说，可能会造成误解。弥吉也数次将她这一举止误解为她在发骚，但明白了这是悦子在极其疲惫的时候无意识做出的举动之后，就控制住自己不要在这种时候动手动脚。

她不再矜持，脱下了袜子。布袜子上溅上了泥水，袜底脏成了淡墨色。弥吉苦于找不到话题，便这样说道：

"真是太脏了啊！"

"嗯，因为路很不好走。"

"这里是倾盆大雨，大阪也下雨了吧？"

"嗯，我在阪急买东西的时候下雨了。"

悦子又浮想联翩，想到了那震耳欲聋的暴雨声，还有那宛如整个世界都在下雨似的封闭的天空。

她沉默不语，她的房间就这一丁点空间，她当着弥吉的面满不在乎地换着衣服。由于电力不足，室内的电灯极其昏暗。默默无言的弥吉与一言不发的悦子之间，只有悦子解腰带时丝绸的摩擦声，听起来犹如动物的叫声。

弥吉受不了这漫长的沉默，他感受到了悦子那无言的责备。在催促她快点做饭后，便回到了一走廊之隔的自己那间八铺席房间。

悦子系着便装的名古屋带①走到书桌旁，她将一只手绕到背后按了按腰带，另一只手慵懒地翻开日记本。此刻，她的嘴角浮现出些许不怀好意的微笑。"公公不知道这是我的假日记。谁会知道这是假日记呢？谁会想到人类能将自己的心巧妙地伪装到这种程度呢？"

她正好翻到昨天那一页，就将脸凑在昏暗的页面上读了起来。

---

① 大正末期、昭和初期在名古屋市开始流行的女式和服带子，后因缝制和使用方便而得以迅速推广。名古屋带尾宽同普通和服带，首宽为尾宽的一半，方便打成多种常用带结，通常用于日常场合。

九月二十一日（星期三）

今天一天平安结束。入秋后的酷热已经过去，庭院中一片虫鸣。早上，我去村里的配给所领发放的味噌，听说配给所负责人的孩子得了肺炎，最终找到盘尼西林获救了。虽说是别人的事，自己也松了一口气。

在农村生活需要有颗纯洁的心，我在这方面积累了些经验，也算能够胜任这里的生活了。我不再觉得乏味，绝对没有感到乏味。最近我理解了农闲期的农民那悠闲而又平静的心情，我被公公那豁达的爱包围，心情像是又回到了十五六岁的往昔。

我认为，在这世界上，只要拥有纯洁的心灵、朴素的灵魂也就足够了，除此之外的其他东西好像都没有必要。在这个世界上，唯有那些强迫自己的身体劳动的人是必要的，都市生活那犹如沼泽一般的心灵较量早晚会彻底消亡。我的手起了水泡，公公也表扬了我，说我的手已成为一双真正的人之手。我变得不知道生气，不知道忧愁，那种令我痛苦的不幸的回忆、丈夫去世的回忆，最近也没那么折磨我了。我的心情被秋日充沛的阳光所抚慰而变得宽容，觉得对任何事情内心都充满感激。

我想起了 S，她和我处在同样的情形之中，成了我精神的伴侣。她也失去了丈夫，一想到她的不幸，我也得到了慰藉。S 真的是一个内心冰清玉洁的寡妇，所以她早晚肯定会再嫁。在她再婚之前，我很想和她好好聊聊，但不可能有机会在东京或这里见上一面，她要是能给我写上一封信也好啊！……

"名字首字母尽管相同，但因为换成了女性，别人就无法知晓。S这个名字出现得过于频繁了，不过没必要害怕，毕竟这是没有证据的东西。这对我来说是假日记，不过人怎么可能坦诚得像个假人似的呢……"

她按照当时写那种表面文章时的真实想法，在心中又试着重新写一遍。

"即便我重新写了，也并不是说这就是我的本意。"

她这样辩解着，又试着重新书写了一遍。

九月二十一日（星期三）

痛苦的一天结束了，这一天又是怎么熬过来的，连我自己都觉得不可思议。早上，我去村里的配给所领发放的味噌，听说配给所负责人的孩子得了肺炎，最终找到盘尼西林获救了。真是遗憾！那个背地里到处说我坏话的老板娘的孩子要是死了，或许还能带给我一丝安慰！

在农村生活需要有颗纯洁的心，虽然如此，杉本家的人却以那种迂腐、柔弱且易受伤害的虚荣心，越发使农村生活变得痛苦不堪。我也热爱纯洁之心，甚至认为世界上再没有什么比纯洁的身体之中的纯洁的灵魂更美的东西了。但是，若站在我的心灵与那样的心灵之间的鸿沟面前，我能做些什么呢？怎么会有比从铜钱的反面到达正面的努力那样更痛苦、更艰辛的东西呢？最简单的办法，就是在无孔的铜钱上挖一个小孔，那就是自杀。

我屡屡以赌上身家性命那样的决心接近它，对方却逃得无

14

影无踪，逃到了所到之处都无边无际的远方，就这样，我又一个人被留在了无聊之中……

我手指的水泡，那就是一出愚蠢的闹剧。

……但是，思考问题不较真这一点是悦子的原则。赤脚走路难免会伤脚，正如走路就要穿鞋一样，为了活下去就需要某种既有的"信念"。悦子漫不经心地翻着日记，心中自言自语道：

"不过，我很幸福，谁也无法否认这一点。首先，没有证据。"

她将暗淡的一页翻了过去，空白页还有不少，仍要持续写下去。接下来不久，这本日记所虚构的幸福的一年就要结束……

杉本家用餐习惯很奇怪，他们分四拨用餐，住二楼的谦辅夫妇、楼下一头的浅子和两个孩子、另一头的弥吉和悦子、住在女佣房间的三郎和美代分别用餐，除了美代负责煮四拨人的米饭之外，菜肴则是四拨人各做各的，分开用餐。这种奇怪的习惯本来缘于弥吉的私心，他每月发给另外两个家庭若干生活费，由他们在此范围内自由支配，但他认为只有自己没有理由和他们一起吃粗茶淡饭。他之所以将良辅死后无依无靠的悦子接到自己身边，仅仅是因为看中她能烧一手好菜，这只不过是一种单纯的动机罢了。

弥吉将收获的果蔬中最好的一份留给自己，剩下的分给其他各家。栗子中最美味的芝栗，也只有弥吉一人有捡拾这种果实的权利，其他家人都不能捡，唯独悦子会从弥吉那里分得一份。

在弥吉下定决心将这种极大的特权赋予悦子之时，或许早已别有用心。弥吉常常认为，获得那种与自己分享最上等的芝栗、最上等的葡萄、最上等的富有柿①、最上等的草莓、最上等的水蜜桃的权利，是值得付出任何代价的。

悦子刚来不久，这特权就使她成为其他两个家庭嫉妒、羡慕的对象，嫉妒和羡慕很快产生了带有恶意的猜测。接下来，这种极其理所当然的风凉话，似乎带来了一种暗示，以致到了似乎能左右弥吉行动的地步。但是，一看到事情的发展恰恰证实了猜测，说这些流言的人本人却反而难以相信了。

丈夫故去还不到一年的女人，为什么会有意委身于丈夫的父亲呢？年纪还很轻，完全可以考虑再婚的她，怎么会自己做出那像是要葬送自己后半生的举动呢？一个过了六十岁的老人还有哪一点值得她以身相许呢？她是个无依无靠的女人，难道这就是最近流行的那种"为了糊口"而委身于人的行为吗？

种种揣摩臆测再一次在悦子四周筑起了好奇心的篱笆，悦子在这道篱笆墙里终日百无聊赖而又忧思重重，但又不顾忌别人眼光，大大咧咧、衣冠不整地整日来回走动，活像一只走禽。

谦辅和妻子千惠子在二楼的客厅吃着夜宵，千惠子对丈夫的犬儒派作风深有同感而嫁给了他。产生共鸣的动机本身就具有自由的退路，其结果便是千惠子即便看到谦辅异常平庸，也从来不曾感受到婚姻生活的幻灭，因为这一对落伍的文学青年和文学少女，是在

———————————

① 即日本甜柿，可摘下即食。

"世间最愚蠢的行为就是结婚"这一信条下结的婚。尽管如此，两个人仍然时不时并肩坐在二楼的飘窗边上朗读波德莱尔的散文诗。

"老爷子也怪可怜的，都一把年纪了，还烦恼个没完。"谦辅说，"刚才我从小悦门前走过，明明屋里没人但灯却亮着。我蹑手蹑脚进去一看，竟看到老爷子在如痴如梦地偷看悦子的日记。他可真上心，连我站在他身后都没发觉。因我打了个招呼，老爷子惊得简直要跳起来了。接下来他恢复了威严，眼睛直瞪着我呢！说到那张可怕的脸，竟让我想起小时候他那让我怕得要死的怒气冲冲的脸。接下来他还说了句'要是你告诉悦子我偷看日记的事，我就将你们夫妻俩赶出这个家。'"

"公公是担心什么才看日记的吧？"

"可能是因为他开始注意到悦子近来莫名其妙地心神不宁吧。但是，老爷子可能还没有注意到悦子在迷恋三郎吧。我是这样推测的。她是个聪明的女人，不可能会在日记本上露出破绽的！"

"迷恋三郎这样的人我可不信。不过，我一直佩服你的眼力，就当有这档子事也行。悦子也不是个痛快人，本来要是她倾吐心声，说做就做，我们也会支持她，她也会轻松一些吧。"

"悦子不按嘴上说的行事这一点非常有意思，即便是老爷子，自从悦子来后不也变得魄力全无了？"

"不对，公公没了魄力可是农地改革^①以后的事情呀。"

"这么说倒也没错。老爷子是佃农的儿子，所以自从他发现自

---

① 二战结束后，在麦克阿瑟将军的《农民解放指令》下，在整个日本进行了土地改革，把地主持有的土地从最初的5町步减到1町步（1町步约99.2公亩），使战前大多数佃农在土改后成为自耕农。

己'有地'这一事实之后，就像士兵当上了下士①那样威风起来，甚至还形成了一套稀奇古怪的处世哲学，认为没有土地的人想拥有土地，任何人都必须要在轮船公司干上三十多年，而且还必须要当上社长才行。老爷子还尽量将这个过程吹嘘得难上加难，这一想法就是他的乐子。提起战争期间老爷子的派头，那可真是威风，他讲东条英机的传闻，那口气就像是在讲狡猾的旧友靠股票发了大财一样。那时我还是邮局职员，可是端坐着聆听他讲这些呢！老爷子不是不在地主②，所以，这片土地并没有因农地改革而蒙受多大损失，而廉价购置了田产、从佃农变成大地主的大仓那样的人，让老爷子大受打击。'要是那样的话，我干吗还要辛苦六十年呢！'自那以后，这句话就成了老爷子的口头禅。那种不劳而获成为土地所有人的家伙大量涌现出来的话，老爷子的存在理由好像也就失去了。因此，老爷子变得多愁善感了，觉得这次自己是时代的牺牲品，并对这一情况心满意足。若在他意志最为消沉的时候来了战犯逮捕令，将他带到巢鸭监狱③坐牢的话，没准他会变得更年轻哪！"

"不管怎么说，悦子对公公钳制自己毫不知情，所以她是幸福的呀！她这个人是一个极其阴郁的一面和极其开朗的一面交织在一起的人。三郎的事情另当别论，在为丈夫服丧期间，怎么能够成为公公的情人呢？就是这点我怎么都想不明白呢！"

"不，那反而说明她是个格外单纯而又脆弱的女人啊！她绝对

---

① 战前日本军队里位于准士官之下，士兵之上的官职。
② 不在自己拥有土地的地方居住的地主。
③ 位于日本东京都丰岛区东池袋的一座监狱，因曾羁押过二战甲级战犯而闻名于世，今已拆除。

是个像随风飘动的柳树那样顺从的女人，盲目地守护着贞操，所以没有注意到对象不知不觉已经变了。自己在沙尘暴中被吹走，以为是丈夫而紧紧抱住的那个男人，有时候是另外一个人啊。"

谦辅是一个与不可知论无缘的怀疑主义者，他为自己那看透人生的见解感到自豪。

……即便夜晚来临，三个家庭也是各过各的，浅子一心照料孩子，陪着早睡的孩子睡熟了。

谦辅夫妇没有从二楼下来。二楼窗玻璃的对面，可以看到府营住宅区那遥远的灯光如细沙般洒向平缓的山丘，只有如黑暗之海的水田一直延伸到那里。因此，那些灯火看上去犹如岛上临海城市的灯光，既庄严又繁华不尽。可以想象那个城市正在举行安静的宗教性集会，一动不动的人们在灯光之下沉浸在恍惚和陶醉之中，也可以幻想在那里的灯光下，一件不动声色、精心策划、镇定自若地实施的极其耗时的谋杀业已完成。那里只有比这里更加单调、更加寒酸的生活，明明对这一点心知肚明，然而……如果悦子能将府营住宅区也看作是那样的灯光盛宴的话，可能就不会对这里如此厌恶了吧。那些万家灯火，看上去正如发光的羽虱群集在朽木之上，静静地歇息着飞累的双翅一般。

偶尔，阪急电车的汽笛声传了过来，回荡在夜间田园的各处。此刻，电车呼啸着疾驰而过，犹如同时放生的几十只精瘦的夜鸟，发出凄厉的啼鸣迅速飞回自己的巢一般。汽笛的呜呜声，如飞鸟振翅，使夜色产生了令人恐怖的震动，惊诧于此声而抬头一看，那远去而听不到声音的远雷隐约一闪，在夜空一角划过一道深蓝后就消失不见了，这情景也是这个季节常有的。

晚饭过后一直到睡觉前这段时间，没有人来悦子和弥吉所在的房间。以前，谦辅曾闲来无事过来聊天，浅子也曾带着孩子来过，大家相聚一堂，晚上非常热闹。但是，弥吉逐渐露出明显不悦之色，所以大家就疏远了。因为弥吉不愿旁人在他同悦子二人单独相处的几个小时过来打扰。

虽如此说，但并不是要在这段时间做些什么，两人有时晚上会下下围棋，悦子向弥吉请教棋艺。弥吉能够向女人炫耀、传授的技艺，也就只有围棋了。今晚也是两人对弈，隔着棋盘相对而坐。

悦子的手指享受着碰到指甲的围棋棋子那冷酷的重量而不停地在棋罐中拨弄着，但眼睛却像着了迷似的紧盯着棋盘不放。看样子是一副对对弈痴如醉的样子，但她只不过是被棋盘上实实在在的黑线那相互交错、毫无意义的准确性所吸引而已。弥吉有时也怀疑悦子入迷的样子是否是因为围棋，他看到了一个女人在自己面前毫不羞涩地沉浸在粗俗而又茫然自失的愉悦之中，看到了她微微张开的嘴角，以及那洁白得看上去有点发青的皓齿。

她的棋子时而响亮地敲击在棋盘上，简直就像痛打什么东西，痛击猛扑过来的猎犬似的……这种时候，弥吉疑惑地偷偷看着儿媳的脸，像是启发她似的落下了四平八稳的一子。

"下得真有气势！简直就像宫本武藏①与佐佐木小次郎在严流岛

---

① 宫本武藏（1584—1645），日本战国末期至江户初期的剑术家、兵法家，被后世称为"剑圣"，因1612年在严流岛（又称小仓岛）一举击败名剑客佐佐木小次郎而一举成名。

上的决斗啊！"

悦子身后传来了稳健地踩在走廊地板上而发出的沉重的脚步声，这声音不像女人的脚步声那样轻盈，也不像中年男子的脚步声那样沉闷，脚底带着朝气蓬勃、热情洋溢的重量，它使黑暗之中的走廊地板发出了吱吱呀呀的声响，发出了那犹如人的呻吟或叫喊一般的声响。

悦子捏着棋子的手停了下来，说成她的手指勉勉强强被棋子支撑着反而更为贴切，她不得不将不听使唤而开始颤抖的手指牢牢地贴在棋子上。为此，悦子假装陷入了沉思。但是，那并不是很难下的一步棋，不能让公公怀疑这一不合时宜的长时间思考。

拉门打开了，三郎跪坐着，只将头探了进来，悦子听见他这样说道：

"请歇息吧！"

"啊！"

弥吉下着棋，头也不抬地应了一声。悦子盯着弥吉那僵硬、骨节嶙峋且又老又丑的手指。她没有回答三郎，也没有回头朝拉门那里看。拉门关上了，脚步声走向了与美代卧室方向相反的那间朝西的三铺席卧室。

第二章

狗朝着远处狂吠，这声音衬得乡下的夜晚凄厉可怖。屋后的库房里拴着一只名叫玛基的老赛特猎狗。有时，一群野狗穿过与果园毗邻的稀疏的树林，玛基就会竖起灵敏的耳朵，犹如发泄自己的孤独一般朝着远方发出令人毛骨悚然的长长的咆哮。野狗将矮竹丛蹭得沙沙作响，停下来与玛基呼应，吵醒了听觉敏锐的悦子。

悦子进入梦乡刚过一个小时便醒了过来，还需要尽义务般地睡上很长一段时间才能迎来新的黎明。她寻找能够系于明天的希望，哪怕是一种微不足道，极其普通的希望也无所谓。若没有希望，人就无法朝着明天而活下去。为了明天，人需要施舍一些东西，比如留待明天缝补的衣服、明天就要出发的旅行车票、留在瓶子里打算明天喝的些许剩酒之类的东西。这样，人才被许可迎接黎明的到来。悦子要施舍些什么呢？对了，她决定施舍两双袜子，一双深蓝色，一双茶色。对悦子来说，将那两双袜子送给三郎，便是明天的全部。悦子像笃信宗教的女人那样，发现了这一希望所具有的空空如也而又一尘不染的意义。她拽着这两根纤细的绳子——深蓝色和茶色的纤细的绳子，吊在如同一个不可思议、鼓鼓囊囊、漆黑一团且黯淡无光的氢气球那样的"明天"下边，不去思索走向何方。"不去思索"这一点就是悦子幸福的依据，是她活下去的理由。

悦子的整个身体至今仍然笼罩在被弥吉那执拗而干枯的手指抚摸时的感觉之中，一两个小时的睡眠无法将之拂去。被尸骨爱抚过的女人，已无法从那种爱抚之中摆脱出来。悦子全身留下了一种位于皮肤之上的幻想皮肤的感觉，那种感觉比蝴蝶即将脱壳而出时的蛹壳还要薄弱，犹如被涂过了看不见的颜料一般，尚未全干且晶莹剔透。似乎身体一动，就可以看到它在黑暗之中整个四分五裂。

悦子的目光渐渐适应了黑暗，她环顾四周，发现弥吉睡得很平稳，如同拔了毛的鸟那样的脖颈隐约可见。架子上钟表的滴答声，地板下面蟋蟀的鸣叫声，赋予了这一晚一些仅属于这个世界的轮廓。否则的话，这黑夜已经不再属于这个世界。这黑夜压在悦子身上，将她驱赶到凝固的恐惧之中而弃之不顾，就像落入皮冻的苍蝇那样。

悦子勉强抬了抬头，看到陈列柜门上的螺钿泛着幽蓝色的冷光。

……她紧闭双眼，眼皮深深陷入眼窝。记忆涌上了心头，这是刚过去半年的事情。悦子来这个家不久，总是一个人外出散步，很快就被村民称为怪人。即便如此，她也满不在乎地独自散步。她那孕妇般的走路姿势，从此开始引人注目。看到这一幕的人，都毫无疑问以为她是一个过去放荡不羁的女人。

从杉本家宅基地的一角看去，隔着一条小河，服部陵园的大致轮廓尽收眼底。若非春分、秋分时节，来扫墓的人少之又少。一到下午，可以看到在辽阔的墓地台地上，无数白色的墓碑鳞次栉比，将一个个可爱的影子投射在旁边的地面上。连绵起伏的墓地被丘陵上的森林环绕，景色清新明朗。而且，偶尔从远处可以看到一处花岗岩墓，洁白的硅石在阳光照耀下熠熠生辉。

悦子尤其喜欢横亘在墓地上方的那广袤的天空，喜欢穿过墓地的那条宽阔而宁静的散步小道。与平日比起来，这种纯白而明朗的宁静，与青草的气味和刚发芽的小树一道，好像更能呈现她的灵魂。

现在是挖野菜的季节。悦子走在小河河沿上，边走边采摘乌兰和问荆放进和服袖兜里。河水有一处冲出堤坝流到了草地上，那里有芹菜。小河从一座桥下穿过，横过从大阪一直到墓地门前的那条水泥路公路的终点。悦子绕过陵园入口的圆形草坪，走向常走的那条散步小路，为自己能有这样的清闲而感到不可思议。这难道不是有点像缓刑那样的空闲吗？

悦子从正在做投球练习的小孩旁边走过，再稍走片刻，就来到小河河畔的篱笆之中，那里是一片尚未立有墓牌的草地。悦子正要坐下来时，看到一个少年仰面躺着，手里举着一本书正看得入迷。原来是三郎，他感觉到有一个人影投射在自己脸上，便迅即坐了起来，叫道：

"夫人！"

此刻，悦子袖兜里的乌兰和问荆一股脑儿地落在了他的脸上。

这个时候，浮现在三郎脸上的瞬间表情变化，带给悦子一种清爽而鲜明的愉悦，就像漂亮地解开了一个简单的方程式。之所以这样说，是因为他一开始将纷纷落在自己脸上的野草看作是悦子开的玩笑，于是便装模作样地躲开了。接下来他从悦子的表情发现这纯属偶然，并不是开玩笑，一瞬间眼神流露出抱歉的神情。他坐起身，趴在地上帮悦子捡散落的乌兰。

悦子想起来了，之后自己是这样问他的。

"你在干什么呢？"

"我在看书！"

他脸红耳热，将一本评书话本拿给悦子看。当时，悦子觉得他说话的语气带着一种军人腔，但他今年才十八岁，不可能在军队待过。原来生于广岛的三郎是为了模仿标准语才使用那种腔调的。

接下来，三郎主动说起自己在去村里领配给面包回来的路上偷懒，恰好被悦子发现了的事。他的诉说之中与其说存在着辩解的成分倒不如说是在撒娇。"我不会讲给任何人的。"悦子说。

她记得自己好像还问了一些有关原子弹爆炸的受害情况。他回答说老家距广岛市远，没有受灾，但亲戚中有全家遇难的。说到这里，二人就没话了。与其这样说，倒不如说三郎想询问悦子点什么却忍着没有张口。

"第一次看到三郎时，他看上去像是二十岁的样子。我不记得在陵园的草地上看到他的时候，他看上去有多大年龄了。只记得当时还是春天，他却穿了件打满补丁的棉衬衫，敞着怀，卷着袖子，或许是介意袖子破得太厉害吧。他的胳膊强壮有力，城里男人不到二十五岁大概不会有如此健壮的胳膊。而且，那两只被太阳晒得黝黑的成熟的胳膊，似乎对如此成熟感到不好意思似的，密密匝匝地长满了金色的汗毛。"

……不知为什么，悦子不由得用一种像是挑剔的目光看着他。这种眼神与悦子并不相配，但她只能如此。难道他察觉到了什么？

不可能！他只是意识到了不好打交道的主人家里又住进来一个不好对付的女人而已。听他那声音！虽然稍稍带有鼻音，有几分沉闷忧郁，却像小孩的嗓音那样脆生生的。因为性格沉默寡言，他的话语就像一个个拽下来的野果那样蹦了出来，朴实而沉甸甸的……

可是，第二天见到他时，悦子已经可以平心静气地凝视着他了。也就是说，不再用那种挑剔的眼神，而是微笑着注视他了。

是的……什么事情都没有发生。来到这里大约一个月后的一天，弥吉让悦子翻改旧西服和裤子下地穿。因为他催得紧，悦子一直缝到当天深夜。凌晨一点，理应睡下的弥吉进了悦子房间，夸奖她做事上心，还将胳膊伸进翻修好的西服试了试。他沉默了一会儿，就抽起了烟斗……

"这段日子睡得好吗？"弥吉问道。

"嗯。这里同东京不一样，非常安静……"

"你没说实话！"

弥吉再次说了一句。悦子老老实实地回答道：

"说实在的，近来睡不安稳，很伤脑筋啊！肯定是太安静了，安静得过了头的缘故吧。"

"这样可不行啊，要是没让你来这里就好了。"

弥吉说道，他在这一托辞里加了些许公司董事的严肃作风。

悦子在下定决心接受弥吉邀请来米殿村之时，已经预见到这样的夜晚会到来，毋宁说她期待着这样的夜晚。丈夫死去之后，悦子曾盼望自己像个印度寡妇那样殉情。但她所幻想的殉死非同寻常，不是为丈夫之死而死，而是为嫉妒丈夫而死。而且，她所希望的并非寻常之死，而是最为耗时、最为缓慢的死亡。是嫉妒心强的悦子想找到那种绝对不用担心感受到嫉妒的对象呢？还是如蝇逐臭般那样可怜的欲望背后，仍有一种活生生的占有欲——那种绝不带任何目的的贪婪在蠢蠢欲动呢？

丈夫的死……在秋季即将结束的一天，停靠在传染病医院后门的灵车现在仍历历在目……搬运工将灵柩抬起来，从散发着焚香、霉味以及其他死亡气息的潮乎乎的地下太平间——那里有布满灰尘、脏成灰色、形状瘆人的人造白莲花；为守灵而准备的湿乎乎的榻榻米；皮革已经剥落的摆放尸体的床台；不断更换新的牌位，犹如接待室那样的佛龛——抬出灵柩，上了水泥地面的平缓的斜坡。其中一个搬运工脚上穿的军靴，在水泥地上发出了咬牙切齿般的咯吱声，通向后门的门打开了……

那时，强烈的阳光倾泻而入，悦子从未见过会如此令她感动的充沛的日光。

那是十一月初的充沛的阳光，是如透明的温泉水般洒满大地的阳光。传染病医院后门，面朝着被战火烧得满目疮痍的那座位于平坦的盆地之中的城市。中央线所在的那条长满枯草的堤坝，斜斜地延伸向远方。街道的一半被木结构的新房和尚未完工的房屋占满，另一半仍是废墟，被野草、瓦砾、垃圾所占据。十一月的阳光占领了这座城市，一辆自行车的车把闪着亮光行驶在那条穿过城市的明亮的十间道路上。不仅如此，废墟的垃圾堆中，啤酒瓶的碎玻璃那样的东西也闪得晃眼，这些光犹如瀑布一般一下子洒落在灵柩上，洒落在跟在灵柩后面的悦子身上。

灵车起动了。在灵柩搬上车后，悦子上了放下帷布的灵车。

在到达火葬场之前，悦子所想的已不再是嫉妒，也不再是死亡，满脑子净是方才袭向自己的无数强烈的光线。她在丧服的膝盖部位将一束时令鲜花换了换手。花束有菊花、胡枝子、桔梗，还有在守灵之夜摆了一晚上而枯萎的大波斯菊，丧服的膝部被某种黄色花粉弄脏了，悦子听之任之。

沐浴在那种亮光之中，她感受到了什么呢？是解脱吗？是从那种嫉妒之中，从难以入眠的许多黑夜之中，从丈夫突发性的热病之中，从传染病医院之中，从可怕的深夜梦魇之中，从臭气之中，从死亡之中得到了解脱吗？

是悦子对那无数的亮光存在于人世间这一点仍感到嫉妒吗？这种嫉妒的感动，难道是缘于她长期以来形成的唯一的感动恶习？解脱的感受，应该是某种新鲜的否定的情感，就像连解脱本身都要不断否定那样。狮子在离开笼子的瞬间，比原来一直放养的狮子拥有更加广阔的世界。在被捕获期间，对它而言只有两个世界，即笼内世界和笼外的世界。它被放出来，咆哮如雷，伤人，吃人，那是因为它不满，不满足不存在既非笼中又非笼外的第三个世界……但是，悦子的心与这些完全无缘，她的灵魂只知道肯定……

在传染病医院后门倾泻在悦子身上的阳光，只能被悦子认为是上天无法控制而洒向人间的巨大的浪费，她反而觉得灵车内这种昏暗更让她好受些。在丈夫的灵柩里，有个东西随着车身摇晃而当啷当啷地晃动。或许是放在棺材里的丈夫珍爱的烟斗碰撞在棺木上发出的声音吧，要是用什么东西包着放进去就好了。悦子从白色棺布的外侧将手按在那个声音发出的地方，这样一来，像是烟斗那样的东西，如屏住了呼吸一般一声不响了。

悦子撩起布帷，立刻就看到从半路上开始就一直开在前面的另一辆灵车正减速进入被大得离奇的炉子似的建筑和休息场所围起来的空荡荡的水泥路面广场，这里是火葬场。

"我并不是去焚烧丈夫，而是去焚烧我的嫉妒。"悦子记得，自己当时是这样想的。

……但是，火化了丈夫的尸体，难道就等于烧毁了她的嫉妒？嫉妒犹如丈夫传播的病毒一般，已经侵入了肉体、神经和骨头，要把嫉妒烧掉的话，她自己只能跟随灵柩进入那个熔炉般建筑物的深处。

发病之前，丈夫连着三天没有回家，一直待在公司。良辅并不是一个沉溺于男欢女爱而不去上班的人，只是无法忍受回到悦子等着他那个家。悦子一天有五次之多走到附近的公共电话前，为要不要打电话而犹豫不决。打到公司的话，他肯定会接，对着电话筒绝不会语言粗暴，但他那温柔的辩解就像黏人的猫一般，故意夹带着哼声哼气的大阪口音，让人联想到他小心翼翼地将烟头按在烟灰缸里熄灭的动作。这样的辩解反而令悦子更加痛苦，悦子宁愿从良辅口中听到粗暴的叫骂声。乍一看这个身材高大的男人口像是要立刻说出这样的污言秽语，但他却轻声细语地反复说着自己终归要食言的约定，悦子拿他没办法。再者，听那些话的话，倒不如不打电话忍着更好。

"……在这儿不好说啊。我昨晚在银座遇到一个以前的朋友，就被他拉着打麻将去了。他是工商省官员，是个不能怠慢的朋友……什么？今儿我会回去的，一下班马上回去……但是，工作还有很多没处理呢！准备晚饭？哦，你做不做都没关系……看你心情吧。……大不了吃完饭回去再吃一次……好了，就到这儿吧，川路君在电话旁边，说看到咱俩秀恩爱都不好意思了……哦，知道了，知道了……那就先这样……"

良辅好面子，在同事面前仍然装出一副俗不可耐的幸福模样。悦子等待着，等了又等，他还是没有回来。在他回家过夜的为数不多的晚上，悦子何曾责问、数落过他一次呢？她只是用那看上去忧伤的眼神抬眼望着丈夫。那双如母狗那样的眼睛，那双看上去默默无语又愁肠百结的眼睛，令良辅大为恼火。妻子所等待的东西，她像乞丐那样可怜巴巴地伸着手，像乞丐那样望眼欲穿地等待的东西……这东西让良辅嗅到了夫妻关系的落寞与恐怖，被剥除了所有生活细节后，夫妻关系仅剩一副丑陋的骨架。他将自己那与其说是健壮，倒不如说是笨拙的后背朝向她，装出熟睡的样子。夏天的一个夜晚，良辅察觉到妻子在亲吻自己沉睡的肉体，就扇了她一耳光，同时，像说梦话似的不情愿地嘟囔着骂了句"不要脸"，犹如拍打叮咬自己身体的蚊子一般毫不留情。

丈夫煽起悦子的嫉妒心并以此为乐事，就是从那年夏天开始的。

悦子看到丈夫的领带不断增多，很多她之前没有见过。一天早晨，丈夫把妻子叫到穿衣镜前，让她帮自己打领带。悦子又喜又忧，手指颤抖得领带都打不好。一打完领带，良辅就满脸不高兴地移开身体说道：

"怎么样，花样不错吧？"

"哎呀，我还没注意到呢！是新领带吧，你买的吗？"

"什么呀，你那副神情，明明注意到了嘛……"

"……挺搭的啊。"

"还算合适。"

从良辅的书桌抽屉中像是故意一样露出的那个女人的手帕，渗透着浓重的廉价香水味儿。而且，更令人讨厌的东西，那就是家里散发出的如韭菜般的恶臭……悦子用火柴将丈夫摆在书桌上的女人照片一张一张烧掉。让她这样做，是丈夫事先计划好的行动。丈夫回到家中便问起照片的事，悦子一手拿砒霜，一手端着盛满水的玻璃杯站着。在她要吞下药时，丈夫将药从悦子手中打落，在那一瞬间，悦子一下子倒在了镜子上，划破了前额。

丈夫那天晚上炽烈的爱抚算是怎么回事！那反复无常、仅仅一夜的暴风雨！那幸福的、侮辱性的肖像画！

在悦子第二次下定决心服毒自杀的夜晚，丈夫回来了……接下来，两天后就发病了……两周之后就死了。

"我头痛，痛得不得了。"

良辅站在玄关那里，没有要进屋的意思。悦子觉得丈夫似乎是为了阻止自己刚才服毒的决心来折磨她才回来的。丈夫平时一回来就对自己大动肝火，他今天晚上回来已经无法让悦子开心了。她心灰意冷，将手支在拉窗上，俯视着在昏暗的玄关坐着不动的丈夫，为这样的自己感到骄傲。这明明是以死为代价才换来的骄傲，但她却没有注意到那种死的念头已不知不觉间从头脑里烟消云散了。

"你喝酒了？"

良辅摇了摇头，微微抬眼看了看妻子。他自己也没有注意到，在他抬头看着妻子的眼睛之中，已经被感染上了妻子那狗一样的眼神。这种眼神是他经常只能带着一种厌恶之感来观望的，是一种呆滞的、带着热切期望的眼神，是家畜对自己身体的发病原因不知所措，像求助那样一直抬眼望着主人的眼神。良辅恐怕感受到了自己体内首次出现的那种莫名的不安，那是疾病，但所谓的疾病又不仅限于此。

……接下来的十六天是悦子最为幸福的短暂时光……新婚旅行和丈夫之死，这两段短暂的幸福时光是多么相似啊！悦子和丈夫一起奔向死亡之旅，与新婚旅行一样，这是一种贪得无厌的欲望和痛苦，无法感知那种剧烈的身心摧残和疲惫……因高烧而胡言乱语，胸部赤裸躺着的丈夫，被死亡那高超的手腕所摆布，像个新娘子一样呻吟着。疾病入脑后的临终前那几天，他像做操似的突然坐起来，露出干涩的舌头，呲着因牙龈出血而被染上锈红色的门牙大笑着……新婚之夜的第二天早上，在热海酒店二楼的一个房间里，他也曾这样狂笑。他打开窗户，俯视着缓缓起伏的草坪。酒店里住着一家饲养灵缇猎犬的德国人，这家的那个五六岁的男孩正要带狗出来散步。此时，狗看到一只猫从草坪的灌木丛背阴处穿过，便跑了过去。男孩忘了放开手中的锁链，所以被强扯着在草地上摔了个屁股蹲儿……看到这一幕，良辅天真快活地笑了，他露着牙，肆无忌惮地大笑着，悦子还从未见过良辅如此开怀大笑的情景。

悦子穿上拖鞋向窗边跑去，看到了草坪上的晨辉，看到了远处那大海的闪光。由于巧妙的坡度，庭院看上去直接和海滨相连。二人接下来来到一楼大厅。在柱子的信插上张贴了一张写着"请自由阅览"的告示，信插里插着五颜六色的旅行指南。经过这里时，良辅从中抽出一张，在等待早餐的这段时间，他迅速把它折成了一架滑翔机。餐桌位于朝向庭院的窗边，"你瞧！"丈夫说着，从窗口将他用旅行指南折成的滑翔机朝大海方向投了出去……真是幼稚！

这只不过是良辅讨娇气的女人欢心而使用的各种花招中的一招罢了……不过，只有那个时候良辅是真心逗悦子开心，是真心打算哄这个新娘子，他是多么真诚啊！……悦子娘家有些家底，父女二人身上流淌着战国名将之血，这个财主世家保有一些固定的资产。战争结束了，财产税、父亲去世、悦子继承的微不足道的股票……这些暂且不论，在热海饭店的那个早上，两个人是名副其实的二人世界。良辅的热病，再次将两个人置于仅有二人的孤独世界之中。这种残忍的幸福突如其来地再次降临，悦子多么淋漓尽致、多么贪婪、又是多么凄惨地享受这种幸福啊！她的照料有时甚至会令第三个人目不忍睹。

伤寒的确诊需要一些时日。一段时间以来，良辅被诊断为一种奇怪的黏膜炎引起的顽固性感冒。不断的头痛、失眠、不思饮食……尽管如此，也没有出现持续性发烧和体温与脉搏不稳这两大伤寒初期特征。头两天是头痛，浑身乏力，并没有发烧。在回家那晚的第二天，良辅请假没去上班。

那天，他就像一个来别人家做客的孩子一样，破天荒地一整天待在家里，老老实实地整理着东西，一种莫名的不安产生于他那有点发烧、绵软无力的身体。悦子端着咖啡走进良辅所在的六铺席大小的书房，他就那样穿着藏青地碎白花纹布便服，成大字形躺在榻榻米上，像是要试试能否开口似的不断咬着嘴唇。嘴唇明明没有肿，但他却觉得像是肿起来了。

一看到悦子进来，他说道：

"我不要咖啡。"

看悦子仍在犹豫，他又说道：

"给我把腰带结转到前面来，在身下硌得难受……自己转过来太费劲了。"

长期以来，良辅讨厌悦子触摸他的身体，连妻子帮着穿西服外套那样的事他都非常抵触，今天他是怎么了？悦子将咖啡托盘放在桌上，在良辅身旁坐了下来。

"你在干什么呢！像个女按摩师似的。"

丈夫说道。悦子将手伸到他的身下，拽出了扎染花布腰带那草草打就的腰带结。良辅身体都懒得抬一下，厚重的身躯傲慢地压在悦子纤细的手上，弄得她手腕生疼。虽然很痛，但她却为几秒钟就完成了这件事而感到惋惜。

"与这样躺着相比，你觉得睡一觉怎么样？我给你拿被子吧！"

"你别管啦！我这样心里舒服些。"

"体温怎么样？是不是觉得比刚才烧了？"

"和刚才一样，体温正常着呢！"

此时，悦子硬是做出了连自己都没有想到的举动，她将嘴唇贴在丈夫额头上试了试他的体温。良辅沉默不语，眼睛在闭着的眼睑中痛苦地转动着，额头那油乎乎而又粗糙的皮肤……是的，不久它就变成了伤寒才有的那种失去发汗功能、干燥欲燃的额头，成了不正常的额头……不久就会成为面如土色的死去之人的额头……

第二天晚上开始，良辅体温骤然上升到三十九度八，他叫嚷着说腰痛、头痛，头部不停地转动寻找枕头凉的地方，弄得枕巾上满是头油和头皮屑。从那天晚上开始，悦子给他用上了冰枕。他勉强能吃些流食，悦子就将苹果榨成果汁放在长嘴壶里让他喝。第二天早上，上门诊断的医生说只是感冒。

"就这样，我看到丈夫终于回到了我身边，回到了我跟前。犹如看到漂流到自己膝盖前的漂流物那样，我蹲下来仔细地检查浮在水面上的这具怪异而痛苦的肉体。我像个渔夫的妻子那样每天来到海边，独自等待着丈夫的归来。就这样，我终于发现了在峡湾岩石缝之间那混浊的水面上漂浮着的尸体，那是尚有一丝气息的肉体，我立刻将它从水中打捞上来了吗？不！我没有，我只是向下蜷着身子，带着那种不眠不休的努力和激情热切地凝望着水面。而且，一直注视着这个尚有一口气的肉体完全被水淹没，不再发出呻吟、叫喊和温热的气息……我很清楚，若使这个漂流物复活的话，它会立刻弃我而去，又顺着海潮逃向渺无天际的远方，或许它下一次再也不会回到我的面前。"

"虽然我的看护之中存在毫无目的的热情，可谁又能理解它呢？谁能理解丈夫临终之际我的泪水，竟是意味着与这种耗尽我自身日日夜夜的热情诀别的眼泪呢？"

悦子忆起丈夫躺在包车里，前往与丈夫有交情的小石川内科博士的诊所住院期间的事。又回忆起在住院第三天，照片上的女人来病房探视丈夫，自己同那个女人激烈争吵的事情……那些女人是怎样打听到这里的呢？难道是前来探病的同事传出去的？同事应该什么情况都不了解。抑或是那些女人都像狗一样嗅到了病的气味才知道的？……又有一个女人来了；一个女人连着三天都来；又有其他女人来了。这些女人们偶尔会不期而遇，彼此轻蔑地看对方一眼便走开了……悦子不希望任何人侵犯这个只有她和丈夫二人的孤岛。丈夫咽气之后，她才向住在米殿的公公发了封病危电报。在记忆之中，丈夫确诊病因的那天悦子喜出望外。虽然称作医院，但其二楼只有三个连着的病房。走廊尽头是窗子，从这乏味的窗户看去，乏味的城市风景一览无余。那个走廊一股子甲酚味，悦子对那种气味情有独钟，每次丈夫陷入短暂的昏睡，她就在走廊上走来走去，尽情地呼吸着那种气味。与户外的空气比起来，这种消毒液的气味反而更符合她的喜好。这种药品净化疾病和死亡的功能，或许并不是死亡功能，而是生之功能。这种气味，或许就是生之气味，浓烈而无情的药品之气味，如晨风般带给鼻腔一种快感。

悦子坐在丈夫的肉体旁，他高烧四十摄氏度，连续十天不退，身体正在痛苦地寻找发散的出口，犹如接近终点的马拉松选手那样鼻翼翕动，喘着粗气。在被窝里，他的存在变身为一种拼命奔跑着的运动体，悦子呢？……她在为其加油。

"再加把劲！再加把劲！"

……良辅眼梢上吊，他的指尖试图要冲破终点线。但是，这手指只不过是抓住了毛毯边而已。毛毯犹如热烘烘的干草，散发着躺在上面的野兽那令人窒息的气味。

早上过来问诊的院长解开了丈夫的衣服，他的胸部由于呼吸急促而充满生机。手一碰，滚烫的皮肤就像迸涌出的温泉水那样溅在了手指上。所谓病，原本不就是一种生之亢奋吗？院长将泛黄的象牙听诊器按在良辅胸部之时，在胸口形成了一个微微泛白的压痕，充血的皮肤立刻侵占了压痕的位置。看到皮肤各处模糊地浮现出细小的淡红色斑点，悦子问道：

"这是什么？"

"这个嘛……"院长用让人觉得自己看似啰里啰唆的口气之中反而带着一种职业之外的亲切感那样的口吻解释道，"蔷薇疹……

就是蔷薇花的蔷薇，出疹子的疹。过一会儿……"

诊断一结束，他便把悦子带到门外，若无其事地说道：

"是伤寒啊！肠伤寒。验血结果也最终出来了。良辅君是在什么地方染上这种病的呢？说是出差期间喝了井水，可能是这个原因吧……不要紧的，只要有心跳就没问题……不过，这是异型伤寒，诊断晚了……今天办手续，明天转到专科大医院去吧，这里没有隔离病房的设备。"

博士用干燥的手指关节敲着贴有"防火须知"的墙壁，以一种带着心烦气躁的期待等着这个因照顾病人而累得眼圈发黑的女人叫出声来求助于他。"医生！求您了，请不要申请转院，让他待在这儿吧！医生！移动病人的话会死人的，与法律比起来，生命更重要啊！医生！请您就不要将他转到传染病医院了，您关照一下，把他转到大学附属医院的传染病房吧。医生！……"博士以一种推理式的好奇心等待着从悦子口中发出这种理所当然的哀诉。

然而，悦子却默不作声。

"你累了吧？"博士说道。

"不！"悦子用一种外人可能会形容为"坚强"的语气说道。

悦子不害怕被传染（这一点独一无二，足以可称作她最终没被感染的原因），返回丈夫旁边的椅子上继续织毛线。冬天临近了，她在为丈夫织毛衣。这个房间上午很冷，她脱下一只草屐，用这只穿着布袜子的脚的脚背在另一只脚的脚背上蹭来蹭去。

"病已经确诊了，对吧？"

良辅上气不接下气地只问了这个问题，那语气活像一个少年。

"是的。"

悦子站起身来，想用含有水分的药棉润一润丈夫那因发烧而起皮开裂的嘴唇，但她没有这样做，而是用自己的脸蹭了蹭丈夫的脸。病人脸上胡子拉碴，犹如海边的热沙灼烧着悦子的脸庞。

"没事的，我悦子一定要把你的病治好！不必担心。如果你死了，我也不活了（谁会留心这种假惺惺的誓言！悦子不相信证人这种第三方，甚至连神灵这种第三方都不相信）……不过，这种事绝不会发生，你一定、一定会好起来的！"

悦子发疯般地吻着丈夫干裂起皮的嘴唇，嘴唇不断像地热那样喷出热气，悦子的嘴唇滋润了丈夫那犹如长满刺的蔷薇般渗着鲜血的嘴唇……良辅的脸在妻子脸下挣扎着。

……缠着纱布的门把手动了一下，门开了一条缝，这一动静令她移开了身子。护士在门后朝悦子使了个眼色，示意她出来一下。悦子来到走廊上，只见一个女人倚靠着走廊一侧的窗户站立着，她身穿长裙，外加一件毛皮外套。

她是照片上的那个女人，乍一看会让人觉得是个混血儿，牙齿就像假牙一般洁白整齐，鼻孔呈翼状，手持的花束上那湿润的石蜡纸，紧贴着深红的花瓣底部。这女人的身段有点像用后肢直立行走的野兽，看上去别别扭扭，年龄或许近四十，在这个年纪，眼梢的小皱纹就会像伏兵一般突然出现。她乍一看倒像是二十五六岁的样子。

"初次见面！"

女人说道，话语中带着些许说不清是什么地方的口音。

悦子看到，她就是那些愚蠢的男人们会认为有一种神秘感而加以厚爱的女人，就是令自己一直痛苦不堪的女人。对悦子来说，将那种痛苦与这种痛苦的实体瞬间联系起来并不容易，悦子的痛苦已经发展为与这样的实体无缘的东西（虽然这样说很奇怪），如今已是更具独创性的一种东西。这女人是被拔掉了的龋齿，再也不会疼了。正如病人治愈了假性的并发症之后才不得不面对真正的绝症那样，悦子将这个女人视为自己痛苦的原因。这一点只是她对自身的一种懦弱而又马虎的判断。

女人递上一张印着男人姓名的名片，说是代表丈夫来看看病人，名片上是悦子丈夫公司董事的名字。悦子告诉她病房不允许探视，不能带她进去。此刻，女人眉宇之间闪过一道阴翳。

"但是，我丈夫交代我和病人见一面，看看病人的情况。"

"我丈夫的情况，已无法会见任何人了。"

"即便如此，我只求看上一眼，这样也算对丈夫有个交代。"

"您先生来的话，我就让他见见。"

"我丈夫能见，我却不能见，这是为什么呢？再没有比这更荒唐的事情了！您的口气，像是在怀疑什么啊！"

"那么，是不是要我再说一遍'拒绝见任何人'，您才善罢甘休呢？"

"这话说得好奇怪啊，您是夫人？良辅先生的夫人？"

"除我之外，还有哪个女人将我丈夫唤作良辅的！"

"请不要这么说，还是让我见见他吧。求您了。这个，一点心意，请放在他枕边吧。"

"谢谢。"

"夫人，让我看看他吧。病情怎么样了？有没有危险？"

"没有人知道是死是活。"

悦子此时的嘲笑语气刺痛了女人，女人忘了矜持，盛气凌人地说道：

"那好吧，那我就不客气地进去看他了。"

"请吧！不介意的话您请便！"——悦子先行走开，回过头来说道。

"您知道我丈夫患的什么病吗？"

"不知道。"

"是伤寒啊。"

女人突然止步，变了脸色。

"伤寒？"

女人嗫嚅着。毫无疑问，她是一个愚昧的女人，那种惊讶的反应就像一听到肺痨就嘴里念念有词、驱邪避灾的娘们那样。这女人说不定还会画十字架呢！骚货！磨蹭个什么劲啊！……悦子和颜悦色地打开了房门，幸灾乐祸地看着这个女人意外的反应。不仅如此，她还将靠近丈夫脸部的椅子再往床前推了推，劝女人坐下来。

已到了这个份上，女人只好提心吊胆地走进病房。让丈夫看看这女人惊恐的样子，是多么快乐的一件事啊！

女人开始脱下短外褂，对将其放在何处犹豫不决。放在可能沾有病菌的地方非常危险，将它递给悦子同样危险，因为悦子肯定侍候丈夫如厕，最后觉得还是不脱下来保险……她又合上肩膀，随后将椅子大幅度地往后挪了挪，坐了下来。

悦子告诉丈夫名片上的名字，良辅只向女人瞥了一眼之后便再也没有说话。女人跷着二郎腿，脸色苍白，也是一言不发。

悦子从女人身后凝望着丈夫的表情，她像个护士似的杵在那里，内心的不安使她透不过气来。"如果丈夫，如果他一点都不爱这个女人，我该怎么办呢？我的痛苦就全部白费了，丈夫和我只是进行了一场互相折磨的徒劳的游戏。那样的话，我的全部过去就彻底成了毫无意义的一个人的瞎折腾。现在，若从丈夫眼中找不出他对这个女人的爱，我无论如何都无法活下去。万一丈夫并不爱这个女人，也不爱另外三个被我拒绝见面的女人中的任何一个的话……啊，事到如今，这样的结果真是太可怕了！"

良辅依然仰面躺着，身子在羽绒被里抽动着。羽绒被的一部分快要滑落了，因他的膝盖动了一下，被子就顺着床沿滑落了下来。女人稍稍缩了缩腿脚，无意出手相助。悦子走上前去，重新将被子盖好。

在这数秒之间，良辅的脸朝向了女人。悦子忙着为他盖被子，无法朝这边看。但是，她凭直觉得知，此时丈夫和女人相互挤眉弄眼，传递了蔑视自己的眼神……这个高烧不退的病人……双眉紧锁，面带微笑，与那个女人在眉目传情。

与其说是直觉，倒不如说是悦子通过丈夫那时脸颊肌肉的颤动察觉到的。她体察到这一点后，随之感受到了一种以一般理解方式任何人都无法理解的心安理得。

"不过，您的话，不打紧的，会康复的。您很坚强，不会输给任何人的。"

女人突然露骨地说道。

良辅那胡子拉碴的脸颊上浮现出温和的微笑（他何曾对悦子这样微笑过！），喘着粗气说道：

"很遗憾，这个病没能传染给你，你可比我耐折腾。"

"哎呀，这话太失礼了。"

女人第一次冲着悦子笑了起来。

"我，我撑不下去了！"

良辅又说了一遍。房内一阵不祥的沉默，女人突然如鸟叫般笑了起来……

几分钟之后，女人回去了。

当夜，良辅的意识出了问题，伤寒病菌感染了脑部。

楼下候诊室的收音机声音很响，播放着喧闹的爵士乐。

"让人忍无可忍，明明有重病患者，收音机声音还那么吵……"

良辅嚷着自己头痛得厉害，有气无力地抱怨道。病房的灯半遮着，为了不让病人感到刺眼，就在上面挡了块包袱布。悦子没有让护士帮忙，自己站在椅子上将平纹薄毛呢包袱布系在了灯上。灯光透过包袱布反而在良辅脸上投下了病态的草绿色暗影。在这影子中，他那双充血的眼睛满是愤怒，泪光婆娑。

"我下楼让他们把收音机关掉。"

悦子说完这句话，就放下手中的毛线活站了起来。刚走到门边，就听到身后响起了令人恐怖的呻吟声。

这像是被打垮的野兽发出的吼叫。悦子一回头，看到良辅在床上已支起上身，像个婴儿那样双手猛地抓住羽绒被，目光闪烁地盯着门口。

护士闻声进了病房，敦促着悦子帮她像张开折叠椅一样让良辅的身体躺下来，把他的两只手臂放进了羽绒被里，病人呻吟着听之任之。稍过片刻，他的眼珠转来转去朝四处乱看，嘴里呼喊道：

"悦子！悦子！"

丈夫从可能会叫到的诸多人名之中叫了她的名字。悦子听到叫自己，在这件事上，她并没有去想良辅是怎么想的，反而在琢磨自己的想法。之所以这样说，也是因为她不可思议地坚信，丈夫只是像遵守一个规则那样呼叫了自己的名字。

"请再说一遍！"

护士去向博士报告病情离开了房间，悦子压在良辅胸口上方，冷酷无情地摇晃着他的胸脯这样说道。此时，丈夫气喘吁吁地再一次喊道：

"悦子！悦子！"

……这天夜深之后，良辅叫嚷着"真黑！真黑！真黑！真黑！"，喊着胡话从床上跳了下来，打落了桌上的药瓶和鸭嘴壶。他光脚走在玻璃碎片散落的地板上，弄得满脚是血。含勤杂工在内，三个男人跑过来将他控制住了。

……翌日，注射了镇静剂的良辅，被人用担架抬上了救护车。六十多公斤重的身体可不算轻。而且，那天从早上开始就一直下雨，从医院大门到病房门这段距离，悦子一直打着洋伞陪着。

传染病医院……雨中，高架桥将影子投射在满是小坑的硬化路面上。在高架桥的另一侧，那个乏味的建筑迎面而来。此刻，悦子是以多么喜悦的心情看着它啊！……孤岛生活，那种悦子梦寐以求的理想生活形态即将开始……任何人都无法追到这里来，谁也无法进来……这里只生活着那些以抗菌作为唯一存在理由的人们。对生命那亘古不灭的认同；那粗野而放肆，不避人耳目的认同；梦话、失禁、血便、呕吐物、恶臭……这些情况一直扩散着，而且每一秒都在要求的那种无限度、无道德的生命认同；这里的空气就像蔬菜市场上竞价的商人那样，每时每刻都必须不断呼喊着"活着，活着"；生命不断进进出出，不断出发抵达，不断卸下乘客、搭载乘客的忙乱不堪的停车场；背负着传染病这一明确的形式而聚集在一起的这些运动着的人群……在这里，人与病菌生命价值往往接近等值，患者和护士均化身为病菌……完全化身为那种没有目的的生命。……在这里，生命只是为了获得认同才勉强存在着，所以已失去了繁琐的欲望。在这里，幸福处于统治地位，也就是说，幸福这一变质最快的食物，在完全无法食用的状态下统治着这里……

悦子如饥似渴般生活在这种恶臭与死亡之中。丈夫不停地大小便失禁，第二天就出现了便血，出现了令人担忧的肠出血。

尽管高烧不退，但他的肉体却没有消瘦，也没有变得苍白，他那带着光泽的泛红的身体在坚硬而寒酸的床铺上犹如婴儿那样滚来滚去。他已经没有力气胡闹了，有时无精打采地双手捧腹，有时用拳头在胸部蹭来蹭去，有时将手指笨拙地伸到鼻孔前闻一闻它的气味。

悦子呢……她的存在已是一个眼神，一个凝视，她的眼睛仿佛一扇完全忘记关上，即便风雨无情地吹进来也不知道如何防护的窗户一般，护士们对她这种看上去痴迷的照料惊诧不已。这个半裸病人身上散发着大小便失禁的恶臭，在他身边，悦子一天只是似睡非睡地休息两个小时。即便在这种时候，她也会因梦见丈夫一边呼唤着自己的名字一边将自己拽向深渊而突然惊醒。

作为最后的手段，医师建议给病人输血，同时又闪烁其词地暗示这是没有希望的办法。输血后，良辅稍稍镇静了一些，继续睡去了。护士手拿账单走了进来，悦子来到了走廊上。

一个头戴鸭舌帽，脸色憔悴的少年站在那里等着，一看到悦子，就默默脱帽致意。他左耳上方的头发里有小的秃块，眼睛有点斜视，鼻翼异常薄弱。

"你有什么事？"悦子问道。

少年摆弄着帽子，右脚在粗糙的地板上划着圆圈，没有回答悦子的问话。

"噢，是这个吧！"

悦子指了指账单，少年点点头。

……悦子望着那个身着脏兮兮的夹克衫的少年领完钱离去的背影，想到现在良辅体内正流淌着这个少年的血，这样的血根本无济于事！要是能让血气方刚的男人卖血就好了，医院卖这样柔弱的少年的血是一种罪恶。让血气方刚的人卖血？……悦子出人意料地想起病床上的良辅，应该把良辅净是病菌的多余的血卖掉才好，要是能把这样的血卖给健康的人就好了……这样一来，良辅就会康复起来，健康的人就会得病……这样一来，市里拨给传染病医院的预算也有了用武之处……但是，不能让良辅康复，病一好，他又要逃走，彻底消失……悦子觉得自己半睡半醒之中循着模糊的思路思考着。突然，好像太阳落山了，周围一片苍茫，窗户映照着白茫茫的薄暮……悦子神志昏迷，倒在了走廊上。

她轻度脑贫血，被强行要求在医务室休息一会儿。休息了大约四个小时，护士过来通知她良辅生命到了最后时刻。

良辅的嘴唇朝向了悦子用手支撑着的氧气吸入器，像是要向她说些什么。丈夫用那种含混不清的话语，与其说是竭尽全力，倒不如说是看上去很愉快地不停地向她诉说着，他说了些什么呢?

"……我竭尽全力支撑着氧气吸入器，最后我的手都僵硬了，我的肩膀麻木了，我用近乎尖叫的声音喊了句'谁来替我一下，快!'护士像是被我吓到了一般，从我手中接过了吸入器……

"其实我根本不累，我只是害怕，害怕不知对着什么讲话的丈夫那无法听清的话语……这是我的嫉妒呢，还是我对这种嫉妒的恐惧呢?我再一次无法弄清楚……如果连理性都丧失了的话，我或许会这样叫喊道:

"'快死吧!快点死吧!'

"这种想法是有根据的。良辅到了深夜心脏仍在跳动，并无停止迹象。此时，我听到两个去睡觉的医生窃窃私语说了句'或许能救活'，听到这句话，我不是以憎恶的目光目送着他们吗?……丈夫怎么都死不了，那一夜，是我和丈夫最后的搏斗……

"对那时的我来说，倘若丈夫活过来的话，丈夫同我之间可以想象到的那种幸福的不可靠性，与目前丈夫生还的不可靠性的性质几乎相同。因此，与那种靠不住的幸福比起来，倒不如从当下的一刻之中发现幸福。此时，与其从丈夫渺茫的生还中，倒不如从切切实实的死亡中发现幸福更容易一些。如今，希望丈夫能够维持一时一刻的生命这一点，与我希望他死去这一点是相同的……然而，丈夫的肉体还要活下去，还要背叛我……'可能是个关口。'医生对病情预测道……嫉妒的记忆又回来了，我的眼泪落在右手抱着的良辅脸上，但我的左手好几次都想将氧气吸入器从他嘴里拔掉。护士在椅子上打盹，夜间的空气寒冷刺骨，透过窗户，可以看到窗户那边新宿车站的信号灯和整夜都在转动的广告灯的亮光。汽笛和细微的车轮声，夹杂在飞驰的汽车喇叭声之中，尖利地刺破了空气。我用毛织披肩抵挡着悄悄钻入领口的寒气……现在，即便我拔下氧气吸入器也没人知道，没有一个人在看。我不相信有人眼之外的目击者……但是，我做不到，就这样拿着氧气吸入器一直到天亮……做不到这一点又是因为什么力量呢？是爱情吗？不，绝对不是！……我的爱就是一门心思盼着他咽气。是理性吗？也不是。我的理性仅仅判断没有目击者这一点业已足够……是怯懦吗？不可能。连会被传染上伤寒都不怕的我怎么会胆小怯懦……现在我仍不清楚那些力量是什么。

"……但是，没有必要了，我在黎明前最寒冷的时刻明白了这一点。天空已泛白，本应随着清晨的到来映照出朝霞的断云，却一个劲儿地让天空的情形变得凶险了。良辅的呼吸突然变得明显紊乱，从吸入器上挪开了脸，那样子就像厌倦了吮吸乳汁的婴儿突然转过脸，就像和吸入器连着的线断了一样。我没有吃惊，将吸入器放在他的枕边，从腰带间取出一面小镜子。它是我幼时去世的母亲的遗物，镜子后面贴着红底儿的锦缎，古色古香。我将它伸向良辅嘴上，镜面没有沾上哈气，他的嘴唇被胡须包围，这张嘴清晰地映在手镜之中，仿佛想要发什么牢骚……"

……

……或许悦子起了接受弥吉邀请来米殿的念头，就是因为她打算去传染病医院，难道不是吗？她到这里来，不就是打算返回传染

48

病医院吗？

越品味就越觉得杉本家的空气就是传染病医院的那个味儿。难道不是吗？那种霸道的灵魂的腐蚀作用，用无形的锁链将悦子关了起来。

弥吉为催悦子翻改衣服而来她房间的那天晚上，大概是四月中。

那天晚上一直到十点左右，悦子、谦辅夫妇、浅子和两个孩子、三郎以及女佣美代都聚集在八铺席大的工作间里，为做用来装今年成熟稍晚的枇杷的袋子而忙得不可开交。往年从四月初就开始套上袋子的枇杷，今年因为竹笋丰收，一家人都把精力放在了竹笋上而把枇杷的事情耽搁了。如果不趁枇杷还是指尖大小的时候套上纸袋，象鼻虫就会附在上面将果汁吸个一干二净。为此而做的几千个纸袋，都是大家围坐着盛有糨糊的锅边，每个人用堆在自己膝旁的旧杂志纸争先恐后做出来的，所以，即便突然看到有趣的一页，也无暇去看，不立刻将其做成袋子的话就会落后。

特别是熬夜做这种工作的时候，谦辅那张苦瓜脸就值得一看了，他一边糊纸袋，一边无休无止地抱怨道：

"我真是厌倦了，这简直就是奴隶劳动嘛！无缘无故强迫我们干这种活！老爷子已经自己先睡了吧，可真逍遥自在啊！这种活大家也都一声不吭地干了，拿出造反的劲头好不好？不进行一场提高工资的斗争的话，老头子越发趾高气扬了！我说，千惠子，你觉得工资翻一倍怎么样？不过，我这号人工资是零，所以就是两倍工资也是一样。咦？这本杂志刊登着《华北事变之时日本国民之精神准备》，真令人吃惊……反面是《非常时局下的四季菜谱》……"

因为在说这些话，大家糊十个的时候，谦辅勉强糊了一两个。他动不动就唠叨个没完没了，或许那是他意识到自己那几乎等于零的生活能力暴露在大家面前后而做的掩饰。他的喧闹抢先将自己可能会出洋相的处境制作成笑料，这在千惠子看来，带着一种讽刺性的英雄色彩。这个女人处在能够平起平坐与丈夫争吵这一荣幸之中，实际对他却尊敬有加，她看得很开，认为抱怨公公是一般女人体谅丈夫的情感流露，从而与丈夫一道在心里鄙视公公。这个天才型的女人，除了一边完成分摊给自己的纸袋任务外，还出手帮丈夫完成任务，悦子看到她那副温顺的样子，嘴边不经意间浮现出一丝微笑。

"悦子可真够快的！"浅子说。

"我来作个阶段汇报。"

谦辅说完这句话，就转了一圈查了查做好的纸袋数，结果是悦子第一名，糊了三百八十个。

除了对这种事漠不关心的浅子、孩子气地大为惊讶的三郎和美代，谦辅夫妇觉得悦子这样的能力有点令人害怕，悦子也清楚他们会这样想。特别是对谦辅来说，这个数目就像生活能力的别称，极具含沙射影般的讽刺性，因此，他挖苦道：

"哎呀呀，我们这些人里，能靠糊纸袋为生的也只有悦子啦！"

浅子将此话当真，问道：

"悦子，你以前是不是糊过信封什么的？"

悦子不喜欢这些人建立在农村微不足道的名声之上的那种恋恋不舍的等级偏见，她身上流淌着战国时代的名将后裔之血，无法原谅这些暴发户的劣根性，便故意将计就计地反击道：

"嗯，糊过的！"

谦辅和千惠子相互对看了一眼，对看上去高贵而文雅的悦子出身的讨论，就成了当天晚上夫妻俩枕边投机的话题。

那个时候，悦子几乎还没有真正关注三郎的存在，甚至对他的体态都没有清晰的印象。这也难怪，三郎沉默不语，偶尔对主家家人的闲话报以微笑的同时，全神贯注地用笨拙的手指糊着纸袋。他经常将弥吉送的不合身的旧西服套在满是补丁的衬衫上，因为这一点，穿着崭新的土黄色裤子时，三郎的双膝也只是拘谨地跪坐着，在昏暗的灯光下低着头。直到八九年前，杉本家一直使用白炽灯，了解过去的人们都说，还是白炽灯更亮些，扯上电灯后，反而不得不依靠那使一百瓦的灯泡只能发出四十瓦左右亮光的微弱电力了。只有晚上才能收听的收音机，也由于气象变化完全听不到了……对了，说根本没有注意并非实情，悦子自己糊着纸袋，却屡屡被三郎那笨拙的手指吸引，那粗壮而朴实的手指，令悦子为他着急。她看了看身边，发现千惠子在帮丈夫糊纸袋，悦子也隐隐觉得帮一下三郎也很正常。这样想的时候，坐在三郎身边的美代碰巧完成了自己的任务，开始帮三郎糊。看到这番情景，悦子也就放下心来……

"那时候，我心安了。是的，我绝对没有感到嫉妒，甚至感受到了些许被免除了负担那样的轻松感……我尽量不露神色地朝三郎的方向看了看，这一努力并没有什么不自然……我的沉默、我那俯首跪坐的姿势以及我那心无旁骛的注意力，即便不看三郎，也在不知不觉间模仿着三郎的沉默、姿势和专注……"

……但是，一切风平浪静。

已经十一点了，众人各自回到自己的卧室。

那天夜里一点，悦子正在翻改衣服，弥吉走了进来，他抽着烟斗，问了问悦子的睡眠情况。此时，她感觉到了什么呢？那双每晚都朝向悦子卧室的耳朵，那双隔着走廊，整夜都在倾听悦子卧室动静的老人的耳朵……那双耳朵在夜深人静之时就像孤独的动物那样屏住呼吸、睁着眼睛，它的存在，令悦子突然感到非常亲切。老人之耳难道不是纯洁而充满睿智，犹如洗得一尘不染的贝壳那样吗？人头部最具动物性特征形状的耳朵，在老人身上就像智慧的化身。悦子觉得弥吉这种关心未必都是心术不正，难道就是因为这一点吗？难道她感受到了自己像是被智慧所守护、所钟爱吗？……

不，不！冠冕堂皇的理由只是诡辩。弥吉站在悦子身后，看了看柱子上的日历说道：

"哎呀呀，真是邋遢，都一周没撕日历了呀！"

"啊，真对不起。"悦子略略回过头来说道。

"有什么好道歉的。"

弥吉喜不自胜地嘟哝了一句，接着传来了一张接一张撕日历的声音。声音听不到了，悦子立刻感到肩头被他抱住了，感觉到如细竹般冰凉的手指伸进了她的胸脯。她身体稍有反抗，但却没有喊叫，并非她想叫而无法出声，而是没有喊叫。

悦子这一瞬间的消极想法或者说是纯粹的自甘堕落、贪图安逸，该做何解释呢？难道她像口渴难耐之人连漂着铁锈的浑水也要喝下一般接受了这一想法？这不可能，悦子并不口渴。不指望什么，这早已成了她的秉性。她好像就是为了再次寻找传染病医院，寻找那个称作传染病的、可怕的自我满足的根据地才来到米殿村的……恐怕悦子像溺水者迫不得已而喝了海水一样，只不过遵循自然规律将它喝了下去而已。无所希求这一点，就是丧失了选择取舍的权力。既然已经丧失，就必须喝干它，即便是海水……

……但是，在之后的悦子身上，看不到即将溺死的女人那痛苦的表情。或许直至死之瞬间，她的溺亡都不会引起他人的关注。她没有叫喊，这个女人自己用手堵住了嘴。

四月十八日是游山的日子，此地将赏花称作游山，习惯休息上一整天，全家人一起去山里逛逛，遍寻樱花。

杉本家的人们，除了弥吉和悦子之外，近来吃腻了一种被称作次品的笋屑。以前的佃户大仓将贮藏在仓库里的竹笋装上两轮拖车运到市场出售，分一等、二等、三等，按等级定价。装车运到市场后剩下的笋，就是打扫仓库清扫出来的大量笋屑，杉本家的人从四月到五月必须要吃掉满满一整锅这样的笋屑。

不过，游山这天却非常气派，多层食盒里装满了美食，一家人抱着染成各种颜色的蔺草编成的花草席一起去游山赏花，这对浅子那个在小学念书的长女来说也是一件开心事，这天学校也不上课。

悦子想起来了……那一天就像是生活在小学教科书插图中所描绘的那种简洁的春色之中，大家都成了简洁的插图人物，或者担任了插图中的角色……

空气中充满了那种亲密的肥料气味——农村人的亲密之中，总觉得有那种肥料气味，还有那空中飞舞的无以数计的昆虫、充斥着甲虫和蜜蜂那慵懒振翅声的空气、沐浴在阳光之中显得熠熠生辉的春风、在风中翻卷的燕子的腹部……游山那天早上，大家在家忙得不亦乐乎，悦子把什锦寿司便当准备停当后，从花棂窗望见浅子的长女在通往大门口的石板路旁一个人在玩，她那没有品位的母亲给她穿了件油菜花那样的亮黄色短上衣。这个八岁的小女孩低着头蹲在那里做什么呢？一看才发现石板路上还放着一个冒着热气的铁壶，八岁的信子正聚精会神地盯着在石头和泥土之间蠕动的小东西……

"那原来是热水灌进巢穴后浮现出来的大量蚂蚁，是在溢出蚁穴的热水中挣扎的不计其数的蚂蚁。八岁的小女孩，将留着娃娃头的脑袋深深埋在两膝之间，默默地盯着这些蚂蚁，她双手贴在脸颊上，甚至无暇顾及垂在脸颊上的头发。"

……看到这一切，悦子品味到一种神清气爽之感。在浅子留意到铁壶被拿走而从厨房出来叫女儿之前，悦子一直眺望着信子那黄色短上衣微微卷起的瘦小的后背，宛如看着自己某个时候的身影那样……从这天起，悦子以一种母性的情感稍稍喜欢上了这个与母亲长得很像，长相并不漂亮的八岁女孩。

快出发的时候，在让谁看家这一问题上出现了小小的分歧。最后，悦子妥当的意见获得了通过，由美代来承担这一任务。悦子看到自己不经意间提出的意见就这样轻而易举获得通过而惊讶万分。实际上，理由再简单不过了，因为弥吉赞同了她的意见。

当一家人排成一列纵队从杉本家的田产尽头迈向通往邻村的小路上时，悦子再次感到诧异的是，这一家人身上无意识中都带有一种令人讨厌的敏感反应，那是一种敏感的动物反应，凭借这种反应，工蚁对其他蚁穴的工蚁、蚁后对工蚁以及工蚁对蚁后，仅靠触觉和气味就能嗅出对方……这一反应不可能被他们意识到，还没有证据表明他们注意到了这一点……可是，这一队人很自然地依次排列如下：弥吉、悦子、谦辅、千惠子、浅子、信子（信子的弟弟、五岁的夏雄已托付给美代照看），三郎扛着用蔓草花纹包袱布包裹的大包袱走在了最后面。

一行人从离屋后稍稍有些距离的田产一角穿了过去。这块地弥吉战前一直种着葡萄，战后完全放弃了。在三百坪左右的面积之中，约一百坪是低矮的桃林，现在花开正艳。其余的部分一片狼藉：三个因为台风而玻璃几乎全碎的倾斜的温室；朽坏而积着雨水的汽油桶；无人修剪而疯长的葡萄蔓……以及洒在稻草上的阳光。

"真是破坏严重啊！下次一有钱就修一修。"

弥吉用粗藤做的手杖捅了捅温室的柱子说道。

"爸爸总是这么说，估计这温室也就永远这个样子了。"谦辅说。

"你是说永远都赚不到钱吧？"

"我并不是这个意思，"谦辅稍稍提高了声音爽朗地说道，"因为进到爸爸手里的钱，用于温室修理往往是要么太多，要么太少啊。"

"确实，你在给我打哑谜说给你的零花钱也是要么太多，要么太少吧。"

在斗嘴期间，大家到了小山岗上的松林里，那片松林夹杂了四五棵山樱树。这一带没什么名气大的樱花道，所谓赏花，也只是在为数不多的几棵山樱树下摊开花草席坐坐而已。可是，每一棵樱树的树荫下方都已被先到的农民占领了，他们一看到弥吉他们，便殷勤地打招呼，但却不像过去那样将位置让给他们。

接下来，谦辅和千惠子一直在悄悄说着农民们的坏话。花草席照弥吉指示铺在了大致能够放眼观赏樱花的斜坡一角，一个和他们关系不错的农民——五十来岁，身穿作为配给物资而发放的方格花纹西服，系着一条粉红色领带的男人——特意拿着酒壶和酒杯过来敬酒……谦辅毫不介意地接过酒杯，喝了这杯浊酒。

"他为什么喝呢？要是我的话就不会喝。"——此刻，悦子望着谦辅的举动，稀里糊涂地思考着这个问题，思考着那不值得动脑子的问题。——"兄长为什么要接受那杯酒呢？之前他不是一直在说这个人的坏话吗？如果真想喝酒，接受敬酒也理所当然，但是，一看就明白，他绝不是想喝浊酒，只是因为自己所骂之人在不知情的情况下前来敬酒，他便以喝这样的酒为乐。这是无聊且恬不知耻的小小喜悦，是奚落他人的喜悦，是内心轻蔑的一笑……世上竟有只为这一角色而生之人，神该是多么喜欢做徒劳之事啊！"

接着，千惠子接过了酒杯，其理由仅仅是丈夫喝了。

悦子拒绝了。因此，她性格乖僻这一传言又增加了一条理由。

这一天的全家团聚之中，存在着一些秩序的苗头，它们已勉强开始形成。实际上，悦子并非自始至终以一副扫兴的表情接受着这些秩序，她满足于心里暗自高兴的弥吉和在他身边面无表情的自己之间那像两个物体一般不露声色的关系；而且，她满足于三郎那副既沉默寡言也因为没有聊天对象而百无聊赖的样子；满足于谦辅夫妇内心反感但却装作通情达理的态度；满足于浅子身为孩子妈妈而感情迟钝的样子。这些秩序无外乎是她一手造成的。

信子拿着小野花靠在悦子膝上。"伯母，这是什么花？"她问道。悦子不知道花名，便向三郎求教。

三郎稍稍一看，便很快将花递到悦子手中，答道：

"嗯，这是金雀花。"

比起奇怪的花名，三郎将花还给她时那快如闪电的手腕动作更令悦子惊讶不已。千惠子耳朵尖，听到二人的谈话便说道：

"三郎这人呀，看上去一副什么都不懂的样子，实际上无所不知呢！三郎，给我们唱一首天理教的歌吧，你居然能记住，这点真让我佩服啊！"

三郎脸色通红，低下了头。

"我说，你就唱一个嘛！有什么不好意思的！唱吧！"

千惠子这样说着，拿出一只煮鸡蛋："那我给你这个，你就唱嘛！"

三郎看了一眼千惠子那戴着廉价宝石戒指的手指捏着的鸡蛋，如小狗般乌黑的眼睛中闪过一丝犀利的光芒，接下来这样说道：

"鸡蛋就免了，我唱！"

随后，他脸上浮现出一丝犹如应付差事般的微笑。

"万代之世兄弟，怎么说的来着？"

"是……放眼。"

他恢复了一本正经的神情，望着远处一览无余的邻村，就像诵读圣谕一般背诵着。邻村是个小盆地，战争期间陆军航空队基地就设在那里，军官们从这个牢固的秘密据点往返于萤池飞机场，那里的小河边也种有樱花树。村里有一所小学，校园面积很小，非常整洁，那里也有樱花树。两三个孩子在沙坑的单杠上玩耍，看上去就像被风吹动而正在翻卷的小小废线团一般。

三郎背诵的，是这样一首歌曲：

> 放眼万代之世兄弟，
>
> 无人能解宗旨意。
>
> 未曾告知其个中缘由，

百思不解也合情合理，

　　此次现身之神灵，

　　细说端详与你听……

　　"这首诗歌在战争期间一直被禁呢！说到'放眼万代之世兄弟，无人能解宗旨意'这句，从逻辑上也将天皇包括在内了。因此，据传情报局禁了这首歌。"

　　弥吉表现了一把自己的见多识广。

　　……游山这一天，什么事也没有发生。

　　接下来一周之后，三郎像往年一样请了三天假，为参加四月二十六日举行的大祭去了天理。他在家乡教会的集中修行时与母亲相见，一起参拜正殿。悦子还没有去过天理。她听说这座壮观的大殿是靠全国教友的捐赠和被称作"桧新"的义务劳动建造起来的。大殿中心，设有一个叫"甘露台"的祭坛，据说世界末日那天，会在此坛上降下甘露。冬天，从中间没有天花板的如同天窗那样的屋顶之上，几片雪花会随风飘落在这个祭坛上。"桧新"……这个词中，含有新木之香的意思，听起来含有一种乐观的信仰和劳动的喜悦。听说无法从事体力劳动的老年人，在参加"桧新"之时，会用手绢包着土进行运送。

　　"……这些事都无所谓，三郎那仅仅三天的离开以及他的离去所带来的情感，对我来说才是全新的情感。犹如园艺师将精心培育而成的大桃子放在手掌上把玩其重量一般，我将他的离去放在手掌之中玩味。要说我这三天对他的离去是否感到寂寞，绝对不会！他的离去对我来说是某种丰富而新鲜的有重量的东西，那就是喜悦。

家里的每一个地方，我都发现了他的离去，在庭院、工作室、厨房以及他的卧室……"

……他卧室的凸窗上晒着棉被，是藏青色粗棉布的薄棉被。悦子到后面的地里采小油菜，准备晚餐用芝麻末凉拌。三郎的卧室朝向西北，下午能晒到太阳，阳光甚至照到房间里面的破隔扇上。此刻，悦子走过去，并不是为了偷看室内……而是她被那飘荡在夕阳中微微的气味——躺在向阳处的年轻野兽发出的气味所吸引。那带有几分磨损的结实的布料散发着如同皮革一般的气味和光泽，她坦然自若地站在棉被旁，在这种氛围之中待了一会儿，就像触摸活物似的好奇地用手指按了按棉被，手指感受到了晒在太阳下的棉絮那蓬松的弹力。悦子离开那里，慢慢走下通向屋后田里的米槠树树荫下的石阶……

……悦子等得不耐烦，终于再次进入了梦乡。

第三章

燕巢已空了，感觉昨天巢里还有燕子。

二楼谦辅夫妇的房间，一面窗子朝东，一面窗子朝南。夏季，一窝燕子就在大门的屋檐下做巢，成为从东边窗户看到的熟悉的风景。

悦子为述书去了谦辅的房间，靠在窗栏上时，她注意到了这一点，说道：

"燕子已经全没了啊。"

"与燕子比起来，今天可是能够看到大阪城呢！夏天空气污浊，原本是看不到的啊。"

谦辅将方才躺着阅读的书倒扣着，然后打开朝南的窗户，指了指东南方地平线上的天空。

从这里看过去，大阪城不像是建在坚实的土地之上，倒像是飘在空中，在空中浮游。空气清新之时，好像从远处也可以看到城楼之精神脱离了城楼之实体，踮着脚从那个高度四处巡视的姿容。大阪城的天守阁在悦子眼中，犹如漂流者屡屡看到的那种欺骗他们眼睛的虚幻的岛影。

"那里估计没有人居住吧，难道会有人住在那埋在尘埃之中的天守阁？"

没人居住这一判断终于使她放下心来，这种不幸的想象力迫使她立刻毫无根据地猜测远处古老的天守阁是否有人居住那样的问题……这种想象力，总是在威胁着她所谓的"什么都不想"这一幸福的根据。

"你在想什么呢？是想良辅的事吗？还是……"

坐在飘窗上的谦辅问道。他平时的声音和良辅的声音有着天壤之别，此时不知怎么回事非常像良辅，被他出其不意地一问，悦子说出了心里话。

"刚才啊，我在想那座城楼里会不会也住着人呢。"

她抿嘴微微一笑，这笑容激发了谦辅的讽刺。

"人，人，人！……悦子还是喜欢人啊！你真的非常健全，具有我这种人无法企及的健全的精神呢！你有必要更加忠实于自己的内心啊！这是我的分析判断……这样的话……"

今天早上早餐吃得晚，此时，千惠子刚刚去井边洗完碗碟回来，正好端着盖了碗布的托盘上楼来了。她中指上摇摇晃晃地吊着一个小包裹，放下托盘之前，她将包裹丢在了飘窗上坐着的谦辅膝上。

"刚寄到的。"

"可能是我期盼已久的药吧！"

打开一看，是个小瓶，上面写着"Himrod's Powder"。这是美国产的哮喘特效药，是大阪一家贸易公司工作的友人弄到手后寄给他的。委托朋友购买的这个药过了许久都没有收到，直到昨天谦辅还在为此喋喋不休地数落那位朋友的不是。

悦子趁这个机会刚要起身离开，千惠子说道：

"哎呀，我一过来你立刻就要走，像是有什么事啊。"

虽然如此，悦子还是大致能够猜得到这样待在这里的话还会说什么样的话题。谦辅夫妇有着一股子无聊之人特有的、像怪癖一样的热心劲儿，喜欢蜚短流长和强加于人的热心肠……农村人这两个特点，不知不觉间伪装成了极其高级的拟态，侵蚀了谦辅夫妇。也就是说，以批评和忠告这两种高级拟态的形式侵蚀了他们。

"我要说一些不能置若罔闻的事呢！方才我正在忠告悦子，所以，悦子想溜走呢！"

"不要解释啦……不过，我也要对悦子提点建议，绝对是想站在悦子一方提这些建议啊。说是建议，倒不如说是煽动吧，更接近煽动呢！"

"提吧，尽情提吧！"

夫妇这样的一唱一和在旁人听起来非常刺耳。谦辅和千惠子待在寂寞乏味的农村，每日每夜都在不断表演着这没人看的新婚家庭剧……他们反复扮演这种习以为常的角色，上演着拿手好戏且乐此不疲。他们已经不再怀疑自己的角色，即使到了八十岁也会继续下去，或许会被称为心心相印的恩爱夫妻吧……悦子不管他们，转身要下楼。

"你还是要走吗？"

"是的，我去遛狗啦，回来再讨教吧。"

"你呀，个性可真够强的，像块铁一样。"千惠子说。

农闲期的上午，这个时节距收割还有一段时间，有一种假日的宁静。弥吉去修整梨园了；浅子一会儿背着夏雄，一会儿让他自己走，与秋分放假在家的信子一起前往配给所领幼儿用的发放物资了；美代不紧不慢一个接一个地打扫着房间。玛基拴在厨房门口的树荫下，悦子解开了它的锁链。

悦子来到了箕面街，要不要绕道去邻村看看呢？据说，一九三五年前后，弥吉夜里独自一人走那条路，被狐狸一直跟到了街道上……但是，到邻村那条路至少要走两个小时。去墓地？……那样的话又太近了。

悦子的手心感受到玛基的锁链一颤一颤地抖动着，她任由玛基牵着自己走。一走进栗树林，便听到了秋蝉的嘶鸣。日光稀稀落落地洒在地面上，可以看到腐烂的树叶下面已经长出了芝茸。弥吉将这一带的芝茸看作是自己和悦子的专用品，还挥手打了无意中采来当玩具玩的信子。

农闲期的每一天，犹如一种强制性的休养——那种丝毫感觉不到生病症状的病人被强制进行的休养那样，给悦子的心灵带来了沉重的负担。失眠越来越严重，这期间她生活在什么之中才好呢？因为生活在当下，每天都过于漫长而单调。若反复回味过去的话，这种痛苦便会将一切变得令人不安。悦子只能用如同已经没有假日的毕业生那样的眼神，去眺望飘浮在风景之上、季节之上的那种假日的光彩……但是，她的情况又并非如此。她从学生时代就讨厌暑假，过暑假简直就是尽义务，是那种必须自己走路、自己开门、自己投身到户外阳光之中的义务。这对她这个从孩提时代起不曾自己穿布袜，也不曾自己穿和服的女学生来说，每天不得不去的学校反而让她感到自由和心情舒畅。即便如此，要让人成为都市式的那种慵懒之俘虏，农闲期该具有多么残忍的明朗啊！……某种东西在怂恿悦子，那是一种常常令她觉得是自己的义务似的、压迫性的饥渴，那是一种烂醉之人担心喝了水之后马上会吐但仍要喝水的饥渴。

这些感情元素，也存在于吹过栗树林的风中。这些风早已失去了台风的狂暴，如今不动声色地拂动着低处的树叶轻轻吹过。在这微风中，仿佛存在着诱惑者的身姿……从佃农住处的方向回荡着斧头劈柴的声音，再过一两个月就开始烧炭了，林子尽头有一处不为人知的小炭窑，大仓每年都在此为杉木家烧炭。

玛基拽着悦子在林子里到处跑，使她那如孕妇般慵懒的步子不由自主地变得轻快了。她和往常一样穿着和服，似乎是为了避免被树桩挂破，她跑动的时候将和服下摆稍稍提起。

狗迫不及待地嗅着气味，可以看到它呼吸急促时肋骨跟着在动。

林子里有一个地方地面隆起，像是鼹鼠留下的痕迹。因此，悦子和狗都朝那里看去。此时，她闻到一股淡淡的汗味，原来三郎站在那里，狗扑到他肩上舔他的脸。

三郎笑了，想用那只没有扛锄头的空手把玛基拉下来，但是狗却没有轻易放弃纠缠。"夫人，请拉住链子！"他说道。

悦子这才缓过神来，拉住了链子。

要说在这精神恍惚的瞬间她看到的情景，那就是三郎扛在左肩上的锄头，借着他试图从身上将狗拉开的势头在空中弹了几下，半个锄头因为沾了泥土而黯淡无光，但发青的锄刃在透过树叶间隙投射下来的阳光中一闪一闪。"危险！说不定锄刃会落在我身上！"

——在这种明确的危险意识之中，她不可思议地安下心来，身体纹丝不动。

"你去哪里耕种了？"

悦子问道。她就那样站着，所以三郎也没有迈步朝前走。若就这样说着话返回去，俩人并肩而行的场景就会被二楼的千惠子看个正着。但如果她朝前走的话，三郎就不得不折回来。经过一瞬间的权衡，悦子就那样站着聊了起来。

"去了茄子地，收完茄子后我想马上开垦出来。"

"来年春天耕种也是可以的吧。"

"嗯。不过，现在闲着没事。"

"你可真闲不住啊！"

"嗯。"

悦子凝视着三郎那晒得黝黑，有着优美曲线的脖子。她喜欢三郎那种不拿锄头干活就待不住的旺盛的精力。而且，这个看上去有点迟钝的年轻人也和她一样觉得农闲期是一种负担，她对这一点心满意足。

她无意中看到三郎光脚穿着一双破运动鞋。

"事已至此，我仍然纠结于送袜子这件事，那些恶意中伤我的人知道这一点的话会怎么想呢？村民风言风语把我说成是一个不检点的女人，可他们却满不在乎地做着比我还要放荡许多倍的事情。我行动的困难来自哪里呢？我一无所求。我敢肯定，在我闭上眼睛的过程中，世界会在某天早晨变个样。那样的早晨，那样纯洁的早晨，应该可以很快就到来。那个早晨不属于任何人，它的到来不以任何人的意愿为转移……我没有期待它，但我梦想着我的行动彻底背叛一无所求的自己那个瞬间。我的行为微不足道，毫不起眼……

"……对了，即便只是想到送三郎两双袜子这件事，对昨夜的我来说也是莫大的安慰……但现在并非如此……将袜子给他那又会怎样呢？……他会受宠若惊地笑着说声'谢谢'吧！……接下来就转过身若无其事地走开吧……这一点显而易见。这样的话，我可是太悲惨了。

"我在二选一这一痛苦的选择中烦恼了好几个月，谁能明白这一点呢？从举行天理教春季大典的四月下旬开始，经过五月、六月……漫长的梅雨季，七月、八月……酷热的夏季以及九月……我渴望想办法再次体验丈夫临终之际我所品味过的那种可怕而强烈的认同，那才是真正的幸福……"

在此，悦子的想法一下子发生了变化。

"即便如此，我是幸福的，任何人都没有权利否定这一点。"

……她故意费力地从和服袖兜里掏出两双袜子。

"这个，送你啦，这可是昨天我在阪急百货大楼买给你的。"

三郎一瞬间看上去十分诧异，又认真地看了看悦子的脸。所谓"看上去十分诧异"，其实是悦子的随意猜测。他的视线之中仅仅蕴含着一种单纯的询问，并无丝毫怀疑。因为他无法理解这个平时冷淡的年长妇女为什么突然要送袜子给他……然后，他意识到长时间的沉默不语等于怠慢对方，就微笑着把满是泥巴的手在屁股上蹭了蹭，接过袜子后立刻说道：

"谢谢您。"

说完，他将穿着运动鞋的双脚脚跟并拢朝悦子敬了个礼。敬礼的时候，他的脚后跟习惯性地自然并拢。

"不要对任何人讲是我给你的！"悦子说。

"是。"他答道。

接着，他将新袜子往裤兜里随意一塞走开了。

……事情仅此而已，什么事也没有发生。

从昨天晚上开始悦子翘首以待的，难道就是这点事吗？不，不可能。对她来说，这件小事犹如仪式一般经过了全面策划，缜密安排。以这件小事为界，她的内心应该会有一些改观……云朵飘过，田野暗了下来，风景完全变成了意义不同的东西……乍一看好像人生之中也存在着这种变化，仅仅稍微改变一下观察方式，人生似乎就可能变成另一种东西。悦子心高气傲，甚至相信自己坐着不动这种变化就会发生。但归根结底，人类之眼若不化作野猪之眼，是无法完成这种变化的……她尚未同意那种说法：只要我们具有的依然是人类之眼，无论怎样改变观察方式，最终只能得出相同的答案。

……接下来，这一天突然忙得不可开交，真是奇怪的一天。

悦子穿过栗树林，来到了小河河畔那野草繁茂的土堤上，身旁有一座木桥通往杉本家门口。小河对岸是竹林，这条河与沿着陵园流淌的小溪汇合在一处后，便立即改变流向，成直角向西北方向的一片稻田流去。

玛基朝下面的河面狂吠起来，原来是冲着在水中用网捞鲫鱼的孩子们叫。孩子们七嘴八舌地骂着这只老赛特猎狗，尽管看不见，但他们却猜到牵狗人是悦子，学着父母背地所说的年轻的寡妇如何如何之类污言秽语大声骂着悦子。悦子在土堤上一出现，孩子们就挥舞着鱼篓跑向对岸的土堤，各自向阳光灿烂的竹林逃去。在明亮的竹林深处，竹子下方的竹叶仍然像具有某种意义似的摇曳着，或许他们仍然躲藏在那里……

此时，从竹林对面传来了自行车铃声。不大一会儿，邮差下了自行车，推着车子出现在木桥上。这个四十五六岁的邮差爱贪小便宜，大家都觉得不好对付。

悦子走到桥那边接收了电报。邮差说，没有印章就请 sign 吧。即便在这个乡村，"sign" 这种程度的英语也已经见惯不怪了。邮差盯着悦子为签字而拿出来的铅笔形状的细圆珠笔。

"这叫什么笔啊？"

"圆珠笔呀，很便宜的！"

"有点特别嘛。让我瞧瞧。"

他赞不绝口，就差开口要了。悦子大方地将笔送给他，然后拿着弥吉的电报上了石阶。她觉得很可笑，觉得送两双袜子给三郎竟那么困难，而把圆珠笔给这个贪小便宜的邮差竟易如反掌。"……这是理所当然的，只要不爱，人与人的交往就能轻松做到。只要不爱的话……"

杉本家的电话早已连同钢琴一起卖掉了。因为电报代替了电话，所以没什么要紧事也会有电报从大阪发过来，杉本家的人就是对深夜的电报也不会大惊小怪。

但是，弥吉打开电报看后，脸上满是喜悦。发报人宫原启作是国务大臣，他是弥吉的学弟，在弥吉退休后接任了关西商船公司社长之职，战争结束后步入了政界。他现在为竞选前往九州发表演说，说有半天闲暇，想傍晚时到他这里聊上三四十分钟……令人震惊的是，访问之日就是今天。

　　弥吉的房间正好来了客人，他是农业联合工会的干部。在中午时分明明闷热的天气里，这个男人却邋遢地将工作服像薄睡衣那样披在身上，四处走动核查粮食物资的交售情况。因为青年团主导的上一届干部队伍严重腐败，所以今年夏天进行了干部改选，这个男人是新当选的干部之一。他将专门四处走动聆听旧地主们的高见作为自己的工作，这个地方是保守党的地盘，他相信这样的处世方法是最合时宜的。

　　他注意到弥吉看电报时满脸喜悦的神情，就询问他是什么好消息。这一可喜的秘密弥吉不想被人意外问起，这使他有点犹豫，但他又忍不住要说出来。过度的克制，对老人的身体极其有害。

　　"电报说国务大臣宫原君要过来玩。因为是非正式访问，所以希望你不要告诉任何一个村民。他是来放松身心的，倘使吵到他的话我这边也说不过去。宫原君是我高中时的学弟，比我晚两年进入关西商船公司。"

　　……客厅里摆设的两张沙发和十一把椅子好久没有人坐过了。那浮现在白色麻布椅套上的，是难以挽回的情感的枯竭，宛若等得厌烦的妇女。但是，不知为什么，悦子一踏进这个房间便觉得如释重负。她的任务就是在天气晴朗的日子早上九点打开这个房间的所有窗户，窗户一开，上午的阳光便从朝东的窗户照射进来。在这个季节，阳光勉强可以爬到弥吉青铜胸像的脸颊周围。刚来米殿时，一天早上，悦子打开这些窗户后大吃一惊，从花瓶里插着的油菜花中飞出不计其数的蝴蝶，它们就像一直屏住呼吸等待这一时刻一般，窗子一开便一起拍打着翅膀争先恐后地飞向了屋外。

悦子和美代一起仔细地掸去灰尘，用油抹布擦了擦，拂去装着风鸟标本的玻璃盒子上的灰尘。即便如此，渗入家具和柱子里的霉味还是无法拂去。

"没有办法去掉这种霉味吗？"

悦子用布擦拭着胸像，转身看看四周说道。美代没有回答，这个像是尚未完全睡醒一样的农村姑娘站在椅子上，面无表情地掸着匾额上的灰尘。

"这气味还真够大的！"

悦子再次像自言自语一般清晰地说道。此时，美代站在椅子上朝悦子这边瞄了一眼，说道：

"嗯，真的挺大的！"

悦子生气了。她生着气，思考着三郎和美代身上都存在的这种土里土气的迟钝的应答方式。为什么三郎这样回答使悦子感到慰藉，而美代这样回答使她感到怒火中烧呢？因为恰恰是美代与三郎比她与三郎更相似这一点令悦子感到恼火。

悦子坐在傍晚时分弥吉可能会豪爽地劝大臣落座的这张椅子上试了试，此刻，她的脸上也浮现出一种夹杂着怜悯的从容不迫的神情，这将是那个日理万机的男人环视着被社会遗忘的前辈家客厅时的神情。大臣大概会将他仿佛一分一秒都标了竞价的一天中的几十分钟作为这次访问的唯一礼物带过来，并将其郑重其事地交给主人吧。

"这样就可以了，不需要什么准备。"

——弥吉装出一副看上去很幸福的苦瓜脸，反复对悦子这样说道。甚至让人觉得，说不定这位政要的来访能给他带来一个想都不敢想的梅开二度的机遇。

"意下如何，请您再度出马好不好？战后那些不知天高地厚的新人飞扬跋扈的时代一去不复返了，不论政界还是实业界，经验丰富的老前辈东山再起的时代已经到了。"

被别人这么恭维之时，弥吉的嘲讽、那戴着自卑面具的嘲讽，必定会立即生出双翅，大放异彩。

"我这号人已经不中用了，这把老骨头已经一无是处，学着种地也会被人说成是自不量力。要说我这号人做的事，也就是玩玩盆栽了……但我并不后悔，这样已经很知足了。当着你的面这么说不知合不合适，不过，我觉得在这个时代，再没有比来到时代前沿更危险的了。不知道什么时候垮台，不是吗？这完全是个表象社会，和平是表象，不景气也是表象。这样看来，战争是表象，经济景气也是表象。许多人在这个表象世界中生生死死，因为是人，生死是家常便饭，这一点理所当然。但是，在这个只有表象的世界之中，却找不到足以为之豁出性命的人，难道不是吗？为'表象'豁出性命就会成为笑柄，而且，我这个人不豁出性命就无法做事。不，不仅我一人如此，若想做事，不拼一把就无法成就真正的事业，我是这么认为的。这样一来，不得不说当今活跃在社会上的那些人太可怜了，他们没有值得豁出性命去做的事，却又不得不做下去。唉，就是这么一回事……这且不说，我已老了，时日不多，请你就当作我在逞强而不要生气。人老了，不中用了，是滤过酒后的酒糟，再没有什么比从酒糟中榨二道酒更残忍的事了。"

弥吉想让大臣嗅的鼻药，名曰"悠悠自在"，让人想到名利皆空这一点。这种鼻药能保证什么样的利益呢？——大概会为弥吉的隐居生活赋予社会性的评价，会让人过高评价愤世嫉俗的老鹰那没有展现出来的爪子之锐利吧。

朝饮木兰之坠露兮
夕餐秋菊之落英

客厅的匾额下方挂着弥吉所钟爱并亲自书写的两句《离骚》中的对句，第一代富豪能达到此种程度的雅兴已实属不易。若说仅仅一种与生俱来的乖僻造就了他那种审美趣味的话，这种佃农式的乖僻还在某个地方控制住了他的野心，出身高贵的人极少会沾染上这种风雅。

杉本一家一直到下午都忙得不可开交。弥吉多次说迎接客人没必要大张旗鼓，但大家都知道，若按他所说的去做他会很不高兴。谦辅一个人悄悄躲在二楼逃避了劳动，悦子和千惠子很轻松地就准备了秋分时吃的小豆馅黏糕并装在多层食盒里，开始准备万一可能需要的晚餐，连秘书官和司机的份儿也备好了。大仓的妻子被叫来杀鸡。当穿着飞白花纹和服便装的她一走向鸡舍，浅子的两个孩子便好奇地去看。

"不行！不能去看杀鸡！我平时不是总跟你们说吗？"

浅子的喊声从屋里传了出来。

浅子不会烹饪，也不会做衣服，却自以为有足够的才能给孩子小市民式的教育。每次信子从大仓的女儿那里借来红色封皮的通俗漫画书，浅子都非常生气，于是把漫画没收，给她看有英语说明文字的绘本。信子用蓝色的粉蜡笔在公主脸上胡乱涂抹来进行报复。

悦子从橱柜里把春庆漆①的方盘拿了出来，一个个擦拭干净。同时，她身体微微颤抖，等着听鸡被勒死时的叫声。她反复地在方盘上哈气、擦拭，米黄色的漆在蒙上水汽后很快就干了，映出了悦子的脸。在这不安的反复擦拭中，她脑海中描绘着仓库里一只鸡被勒死的场景。

仓库与厨房后门相连，罗圈腿的大仓老婆拎着一只鸡走进了仓库。下午的阳光只照到仓库内一半的地方，所以暗的地方显得更加昏暗了。凭借深灰色的锻铁反射日光而呈现出的轮廓，才能依稀分辨出靠在里面的镐头和锄头。有两三块已开始腐朽的防雨板靠在墙上，有绳子编的畚箕，有给柿子树喷洒杀虫剂硫酸铜用的喷雾器。大仓的老婆坐在歪歪扭扭的小椅子上，她那犹如木节一般粗壮的膝盖，死死挟住了拼命挣扎的鸡的翅膀。此时，她才发现紧跟着自己来到这里的两个孩子，在仓库门口正聚精会神地盯着自己的一举一动。

"这可不行啊，小姐，会被妈妈骂的呀！到那边去吧，这可不是小孩子能看的啊！"

鸡死命地叫着，鸡舍那边的同类听见动静，也开始骚动起来。

在逆光的阴影处，信子和牵着她的手的小夏雄一直站在那里，只有眼睛在闪闪发光。二人屏住呼吸注视着大仓老婆将整个身体都

---

① 漆器上漆技法之一，在木器上先涂上黄色或红色，然后在涂上透明的清漆，中世大阪匠人春庆为这一技术的创始人。

俯在扑棱着翅膀挣扎着的鸡的上方，看着她不耐烦地将双手伸向了鸡脖子。

——不一会儿，悦子便听见了鸡的叫声，那声音混杂而没有章法，随即发出声嘶力竭的叫声，听起来令人烦躁不安。

弥吉竭力掩盖因客人未到而变得焦躁的情绪，装出一副根本没有苦等的表情，这一态度也最多维持到了下午四点左右。庭院枫树的树阴变深之时，他开始毫不遮掩地流露出自己不安的神情，一反常态抽了许多烟丝，接下来又匆匆忙忙出去收拾梨园了。

悦子走到墓地门前的公路尽头，为弥吉看看有没有朝杉本家驶来的高级轿车，她倚着桥架，望着蜿蜒曲折，缓缓延伸向远方的公路。

从终点这样望着到此结束的尚未完工的机动车车道，望着那在丰收在望的稻田、高粱林立的田地、树林以及树林后面草木茂盛的沼泽、阪急电车的轨道、村路、小河等各种各样的景物之间延伸至天边的机动车车道，悦子觉得精神有些恍惚，她想象着一辆高级汽车沿着这条公路驶来，在她脚边停了下来，这一想象仿佛超越了空想，甚至近似奇迹。她向孩子们打听，得知中午时分这里停过两三辆轿车。但是，现在却没有这种迹象。

"对了，今天是秋分。可这是怎么回事？为了不让眼尖的孩子乱翻，上午做出来的豆沙糯米饭团用多层套盒装着放进了橱柜，现在大家忙得谁也想不起这事了。我已在佛龛前祭拜了一次，可也只是和平日一样上上香而已。所有人从早到晚都在焦急地盼着活着的人来访，心里都把死者彻底遗忘了。"

悦子看到来扫墓的一家人闹哄哄地先后从服部陵园门口走了出

来，他们是一对普通的中年夫妇以及四个孩子，孩子中有一个是女学生。孩子们很难走到一块儿，不断地一会儿折回来，一会儿跑在最前面。定睛一看，原来他们在比赛捉大门前供车绕行的圆形草坪上的蚂蚱，不进入草坪而又捉得最多的一方获胜。草坪渐渐被暮色笼罩，入口深处那一览无余的墓地，也逐渐被阴影侵蚀，其茂密的树林和草丛，犹如吸水的棉花一般陷到了阴影里。只有远处丘陵斜坡上的墓地，因落日而明亮，残阳将墓碑和常绿的树丛照得熠熠生辉，也唯有这斜坡在落日余晖的静静照耀下，看上去宛若一张人脸。

这对中年夫妇完全没有将孩子放在心上，边走边微笑着说着什么。悦子觉得他们的样子无聊透顶，按照她幻想式的思考方式，丈夫一定花心出轨，妻子一定饱受其苦，中年夫妇要么心生厌倦，懒得搭理；要么互相怨恨，不理不睬，二者必居其一。然而，绅士身穿花哨的条纹上衣和与上衣不搭配的裤子，夫人穿着淡紫色西服套装，提着一只购物袋，保温杯的上部从袋子里露了出来，他们看上去简直就像是与浪漫故事毫不相干的人，属于将人世间的故事当作饭后的谈资，随后便忘得一干二净的一类。

夫妇俩到了桥那里，便招呼孩子们。随后，他们不安地环视了一下前后没有其他人影的道路。最后，绅士走到悦子身边，礼貌地问道：

"打听一下，从这条路怎样拐到去阪急冈町站的路上去呢？"

悦子告诉他一条经过田地，穿过府营住宅区就可到达的近路。说话的过程中，夫妇俩对悦子那住在东京高岗住宅区的上等人特有的地道口音惊诧不已。不知什么时候四个孩子围了上来，抬头望着悦子的脸。一个七岁左右的男孩在她的面前静静地伸出拳头，略略松了松手，说道：

"你看！"

透过那小小的指缝，可以看到一只缩成一团的淡绿色的蚂蚱，在手指的阴影下，腿脚时而慢慢伸开，时而又缩了回去。

比他大的女孩儿从下方猛地用手掌顶了一下男孩的手，男孩不由得张开手指，蚂蚱飞了出来，在地上跳了一两下，便飞进路边的草丛不见了踪影。

姐弟俩吵了起来，父母笑着责备他们，一家人向悦子以目致意，接着又按老样子松松散散地向前行进，沿着草丛茂盛的田埂远去了。

悦子忽然想到自己身后会不会停着一辆杉本家翘首以待的汽车而回过头来，放眼四望，仍然没有汽车的影子。路变得昏暗了，投射在上面的影子一点一点在变长。

直到大家上床睡觉的时间，客人终归还是没有来。一家人被沉闷的气氛压得喘不过气来，大家都效仿焦虑不安而一言不发的弥吉，无可奈何地装出一副客人仍有可能会来的表情。

悦子来到这个家以来，一家人如此这般等候的人也就只有国务大臣宫原了。弥吉或许是忘了，根本没提秋分之事，他在等待，继续等待着。希望与绝望交替折磨着他，正如过去悦子盼望丈夫回家一样，以一种毫无指望，被所有人置之不理的状态等待着。

"还会来的，肯定还会来的。"

这句话让人心惊肉跳，因为如果这么一说，会被认为客人好像真的不会来了。

即便多少理解弥吉心情的悦子，也并不认为弥吉今天一整天持有的希望，仅仅是获得飞黄腾达机会的希望。与被自己满怀期待的东西背叛比起来，毋宁说被自己竭力鄙视的东西背叛会受到更深的伤害，那是从背后刺来的匕首。

弥吉后悔让联合工会的干部看了电报，那帮家伙一定会借此机会给弥吉贴上他是"被抛弃的男人"这一标签吧。这干部坚持要看大臣一眼，在杉本家一直待到晚上八点左右，殷勤地帮忙做事。因而他毫无遗漏地目睹了弥吉的焦躁不安、谦辅半开玩笑的冷嘲热讽、全家总动员的迎宾准备、渐渐到来的黑夜、疑惑以及注定要破灭的希望。

说到悦子，她从这天的事中获得了启发，那就是不能期待任何事情。同时，对被希望背叛的弥吉那种设法使自己内心不受伤害的痛苦的挣扎，产生了一种自来米殿村以来第一次感受到的亲近之感。或许那封电报是弥吉在大阪诸多友人中的某人在宴会上借着酒劲胡乱写的捉弄他的东西。

悦子暗中安慰弥吉，她谨慎地采用一种不露声色的节制的方式，以免让弥吉以为是同情他。

晚上十点过后，灰心失望的弥吉以一种前所未有的谦卑的恐惧想到了良辅，他在心灵的角落里，玩味着一生中不曾思考过的罪恶这一观念。开始觉得这一观念变得深重了，若品味它，它便会给舌头一种苦涩之甘甜；一处理它，它就马上来讨好内心。证据便是今晚悦子看起来比以往任何时候都要漂亮。

"秋分就这样乱糟糟地过去了，良辅忌日那天，咱们一起去东京扫墓吧。"他说。

"让我去吗?"悦子说道。她采用询问的方式从而使语气听起来充满了喜悦。过了一会儿,她又说道:"爸爸,良辅的事您不要放在心上,他从活着的时候,就已经不属于我了。"

……接下来的两天阴雨绵绵无法外出。第三天即九月二十六日,天晴了,一家人从早上开始忙着洗因下雨而攒下来的脏衣服。

悦子在晾晒弥吉满是补丁的袜子(估计悦子为他买新袜子的话他会生气吧)之时,突然开始琢磨三郎如何处理那两双袜子这件事。今天早上看到他时,他仍然光脚穿着破旧的运动鞋,以一种带着几分亲近感似的微笑说了句"夫人,您早!"从运动鞋破损处可以看到,他脏兮兮的脚踝处留下了像是被草叶划破的小伤疤。

"难道是收着等出门再穿吗?又不是什么贵重的东西,农村孩子的想法可真是的……"

但是,她又不能去问对方为何不穿袜子。

厨房前的四棵高大的米槠树的树枝上扯上了绳子,洗好的衣物完全占领了这些东拉西扯的麻绳,飘扬在穿过栗树林的西风之中。拴着的玛基被头顶上飘扬的这些白色影子戏弄,反复在坐定之后又像是想起来什么似的断断续续地叫着。悦子四处看了看晾晒在绳上的衣物之间的间隔,此时,越来越大的风突然将仍然湿淋淋的围裙吹到她的脸颊上,这清爽的一耳光,令她的脸火辣辣的。

三郎在哪里呢?

她闭上眼睛,眼前就浮现出今早看到的他那带着伤痕的脏兮兮的脚脖子。他那微不足道的癖好、他的微笑、他的贫穷、他破旧的衣服,这一切都令悦子非常满意。他那可爱的贫穷!尤其是这一点令悦子心花怒放，他的贫穷在悦子面前就犹如男人所赏识的处女身上的羞耻一般。

"难道他还在自己房间老老实实地埋头读着评书故事吗？"

悦子用围裙边擦了擦湿漉漉的双手，从厨房里横穿过去。厨房后门的木门旁有一个垃圾箱，这是美代平时倒剩饭和烂菜叶子的汽油桶。垃圾一装满，她就将其倒在积肥用的两铺席大小的坑里。

悦子在汽油桶里发现了意外的东西而怔住了。从发黄了的菜叶和鱼骨下面露出了崭新的一块布，她觉得这深蓝色很眼熟，便轻轻地伸进手指将布料拉了出来。原来是袜子，一双深蓝色的袜子，下面还露出一双茶色的，均无穿过的痕迹，百货大楼的商标都没有取下，依然用铁丝固定在上面。

她在这出乎意料的发现面前站了一会儿。袜子从指间落下，躺在汽油桶那肮脏的残羹剩饭上。过了仅仅两三分钟，悦子环顾四周，就像埋葬胎儿的女人似的慌慌张张地将两双袜子埋进了发黄的菜叶和鱼骨下面。她洗了手，洗手的时候、再次用围裙仔细擦手的时候，她都没有停止思考。她思绪很乱，在理出头绪之前，一股无名怒火涌上了心头，决定了她的行动。

在三铺席大小的卧室里，三郎刚要换上工作服，就看到悦子出现在飘窗前，便慌里慌张扣着衬衣扣子，诚惶诚恐地跪坐了下来。袖扣尚未扣上，他偷偷看了一眼悦子的脸，悦子还没有要说什么话，他就将袖扣扣好了。悦子依然沉默不语，脸上波澜不惊，这一点令三郎非常诧异。

"前几天给你的袜子为什么不穿呢？能让我看看吗？"悦子格外温和地说道。然而，听者却可以听出这种过分的温柔带着一种令人恐怖的气息。悦子动怒了，她连理由都不追究，就将偶然产生于感情之一隅的这种怒气大张旗鼓地扩大开来。没有这种愤怒，她就不可能这样大胆地询问。对她来说，恼怒只是由于当前需要才产生的真切而又抽象的情感。

三郎那小黑狗般的眼睛里露出了一丝动摇，他将扣好的左袖的扣子解开又扣上，这次他始终一言不发。

"怎么啦？为什么不说话啊？"

悦子将胳膊横搭在飘窗栏杆上，她像是戏弄三郎似的紧紧盯着他。她虽然恼火，却品尝到了这刹那间的快感。这算怎么回事！过去连想都不敢想，现在自己竟能以这种胜利者的心态，贪婪般地望着那几乎趴在地上的柔韧的浅黑色脖颈，望着那清晰的剃痕……悦子的语气之中不知不觉充满了怜爱。

"算了，用不着那么惊慌。我全部都看到了，扔到垃圾箱里了……是你扔的吗？"

"是，是我。"

三郎毫不犹豫地这样答道。他的回答令悦子感到了一丝不安。

"他一定是在庇护什么人。不然，总该多少表现出一点点迟疑吧。"

忽然，悦子听到从自己身后传来了啜泣声。原来是美代，她用那比她身材要大很多的灰色斜纹哔叽布旧围裙，掩面而泣，她呜咽着，断断续续这样说道："是我扔的！是我扔的！"

"怎么回事？你哭什么呀？"

悦子对美代这样说着，突然看了看三郎的表情。他的眼睛流露出一丝焦躁，想要对美代说些什么。这一发现，让悦子那从美代脸上将围裙拉下来的动作显得近乎残忍了。

美代那吓得通红的脸庞从围裙后面露了出来。这是一张司空见惯的农村姑娘的脸。怎么说呢，这张布满泪痕的脸近乎丑陋，涨得通红，就像一个一捅即破的熟柿子。稀疏的眉毛、无神而迟钝的大眸子、毫无情趣的鼻子……只有嘴唇的形状令悦子有点烦躁。悦子的双唇比一般人要薄，然而，美代的嘴唇因为呜咽而颤动，因为涕泪横流而闪闪发光，四周被宛如桃子毛那样的汗毛包围着，具有恰到好处的厚度，可以说就像一个小巧玲珑的鲜红的针插。

"你说说原因啊，袜子扔了我也觉得没什么，我只是不明白原因才问你的呀！"

"是……"

三郎抢过美代的话头，他说话伶牙俐齿的，让人觉得与平日的他判若两人。

"真是我扔的，夫人。我觉得穿在自己脚上太可惜了，因此故意将袜子丢掉的。是我扔的，夫人。"

"这种不合常理的话，你说了也没用。"

美代心想，三郎的行为经悦子之口告诉弥吉，弥吉必定会训斥三郎，不能再让三郎袒护自己了。于是，她打断了三郎的话，这样说道：

"是我扔的，夫人。三郎从您那里得到袜子后，马上给我看了，是我固执地怀疑您给他袜子是有什么用意……我一怀疑，三郎就生气了，甩了句'那送你了'，就把袜子留下走了……因为男人的袜子女人穿不了，于是我就将袜子扔了。"

美代又撩起围裙捂住了脸……这样的话还合乎情理，除去"男人的袜子女人穿不了"这一可爱的歪理来听的话。

悦子明白了一些情况，接下来懒洋洋地说道：

"好啦，不要哭了，让千惠子她们看见了不知道会怎么想。因为一两双袜子闹这么大风浪不值嘛！好了，把眼泪擦擦！"

悦子故意不看三郎的脸，她搂着美代的肩带她离开了，她端详着自己搂着的那副肩膀，那有点脏的脖颈以及那没有好好梳理的头发。

"这种女人！他偏偏爱上这种女人！"

米楮树的树梢点缀着秋日晴朗的天空，从树梢上飘落下来的伯劳鸟刺耳的叫声，好像今年还是第一次听到。美代听得入了神，双脚踩进了雨后的水坑之中，将泥水溅在悦子衣服下摆上面。悦子"啊"的一声惊叫，松开了手。

美代突然像小狗似的蹲了下来，用刚才自己擦眼泪的斜纹哔叽布围裙细心地擦着悦子的衣服下摆。

悦子一言不发地站在那里，由着她擦拭泥水。美代这种默默的忠厚之举，在悦子看来，与其说是农村姑娘讨好人的伎俩，毋宁说是带着赌气的恭敬的敌意。

——一天，悦子看到三郎穿着常穿的那双袜子，天真地微笑着向她点头致意，好像什么都没发生过似的。

……悦子感到生存的意义了。

从这天直至十月十日秋祭日那件不祥的事情发生为止，悦子一直生活得非常充实。

悦子决不祈求救赎，她这样的人也产生了生存意义这一点真是不可思议。

思考人生不值得活下去这一点非常容易，正因为如此，不思考这一点对多少具有敏锐感受性的人来说是困难的，这一困难才是悦子幸福之根据。不过，对她来说，社会上被称作"生存意义"的东西（也就是说，我们探索生存的意义，在求而未得期间，无论如何也要活着，通过追溯能够获得的生之意义来试图将这种生活的双重性统一起来。如果将这一欲望看作是我们的生之本体的话，所谓生存意义，就只能是不断出现在眼前的统一的幻觉，是试着追溯不该追溯的生之意义之时产生的生之统一的幻觉），在统一的幻觉这一意义上的"生存意义"，是与悦子毫无瓜葛的。那种在悦子身上萌发的如离奇古怪的植物一般出人意料的"生存意义"，毋宁说是她想象出来的、用于严格区分想象力和幻觉的判断。对悦子而言，想象力就是一种受过良好训练的危险，是极其忠实于目的地和到达时间的冒险飞行。她具有一种与乞丐用灵巧的手指将自己衣服上的虱子一只不剩地捏碎相似的才能，这一才能迅即驱动她的想象力，将她为了不考虑生存的无意义这一点的所有资料——也就是说，尽管她不考虑这一点，但可作为她不考虑这一点的根据而使她的生存变得无意义的所有资料——汇集起来，将为此目的多少向悦子展现了希望之外观，并开始欺骗她的所有事物一个接一个地仔细捏碎。这种想象力如同执行官那样把希望推翻，并在其后贴上查封的封条。不可能存在着超过这种想象力的热情，之所以这么说，是因为这个社会上的热情，就是被希望所腐蚀的。

至此，悦子的本能已变得与猎人相似。碰巧看到野兔的白尾巴

84

在远处的浅草丛中晃动，她那狡猾的智慧立即被敏锐地调动起来，全身不可思议地血脉偾张，肌肉在跃跃欲试地跳动，神经组织被紧张地调动了起来，犹如一支即将离弦的箭。在这没有生存意义的闲散的日子里，乍一看判若两人的猎人，每天过着慵懒的生活，除了在炉火旁打盹之外别无他求。

对某些人来说，活着非常容易；而对另一些人来说，却是极为艰难。对这种比种族歧视更为严重的不公，悦子并未有丝毫抵触。

"肯定是容易的好。"她想，"要说原因，活得容易的人，不会把容易作为生存上的借口。可是，活得困难的人，会马上把困难作为生存上的借口。因为活得困难这类事，没什么可引以为豪的。我们从生存之中发现所有困难的能力，在某种意义上就是为了使我们的生存和别人一样容易。之所以这么说，是因为如果没有这种能力，生存对我们来说就会完全变成既不困难也不容易、光滑得没有立足点的真空球。这种能力会妨碍如此认识生存、是与那种活得容易的人无缘的。尽管如此，它丝毫不是什么特殊的能力，只是日常必需品而已。在人生之秤上作假，使秤看上去比必要的分量还要重的人，将会在地狱里受到惩罚。不必那样弄虚作假，因为生存之重就犹如衣服一样，是不会让人感到沉重的，只有病人才会弱不胜衣。我必须穿比别人要沉重的衣服，之所以如此，只是因为我的精神恰巧生在雪国，居住在雪国，对我来说，生存之难只不过是护卫我的铠甲而已。"

……她的生存意义，使她已经不再将明天、后天以及所有的未来看成是重负，这些是重负这一点并没有变化，但重心的某种微妙的转移，使悦子的身体也轻松地转向了未来。要说是不是希望使然，绝不是的……悦子终日监视着三郎和美代的一举一动。他们不会在某块树荫下亲吻吧？他们不会深更半夜在相隔甚远的两间卧室之间扯上某种线吧？……明明这种发现只会折磨她，但事情的不确定性却会给她带来比这尤为深重的痛苦。因此，为寻找两人相恋的证据，悦子决定不惜采取任何卑鄙的行为。仅从结果来看，她的热情令人生畏地切实证明了人为了折磨自己可以倾注无限的热情这一点。因为失去希望而倾注的此种程度的热情，或许极为忠实地展现了人的生存方式，无论是流线型还是圆弧型。热情这东西就是一种形式，正因为如此，它才能成为一种媒介，使人的生命如此完美地发挥出来。

悦子的目光无所不在地监视着二人，根本没有人注意到她的目光，毋宁说人们认为她沉着冷静，比平时更勤快了。

在此期间，悦子也像弥吉曾经做过的那样，趁三郎和美代不在，检查了他们的房间，她没有发现一点蛛丝马迹。两人不属于平时写日记的那种人，他们既没有写情书的能力，肯定也不会懂得那种试图把爱的一点一滴留在记忆里作为纪念的温柔的合谋，也不会懂得那种现在就要开始留意如何再现回忆中的美好的爱的合谋。他们没有留下任何纪念和证据，在两人单独相处之时，双目对视，手与手、唇与唇、胸脯与胸脯……接下来或许还有那个地方与那个地方……啊！这何其容易！是多么直接、美丽而抽象的行为啊！不需要语言，也不需要意义，犹如运动员为投标枪而采取的姿势那样，是为了单纯的目的而采取的必要而充分的姿势，这一切行为遵循着多么单纯、抽象而又美好的路线啊！这样的行为之中会留下什么证据呢？在这如同燕子瞬间掠过原野的行为之中……

悦子的梦想屡屡脱离身体，她的存在，仿佛被放进了一个孤零零地在无边无际的黑暗中大幅度摇摆的美丽摇篮里。在那一瞬间，她的梦想甚至触及那剧烈晃动着摇篮的闪闪发光的喷泉水柱。

悦子在美代房间看到的东西，有赛璐珞镶边的廉价手镜、红色梳子、廉价的雪花膏、曼秀雷敦软膏、唯一的一件带箭翎花纹的外出用秩父铭仙 ① 绸衫、皱巴巴的腰带、崭新的和服内裙、盛夏穿的不合身的连衣裙及无袖贴身衬衫（夏天里，美代就是穿着这仅有的两件衣服，满不在乎地去逛街）、旧得书页全都像肮脏的假花那样打着卷的女性杂志、农村朋友寄来的悲悲切切的诉苦信……此外，每件东西上都粘着的一两根红褐色的头发。

悦子在三郎房间里看到的东西，只是一些更为简单的生活用品。

"难道他们两人抢先在我搜查之前，就费尽心思布置好了吗？或者就像从谦辅那里借来阅读的爱伦·坡的某篇小说那样，'失窃的信' ② 明明就插在最显而易见的信插里，反而因为我搜查过于仔细而漏掉了？"

……悦子正要从三郎房间里出来时，正好遇到了顺着走廊向往这边走来的弥吉。这个房间位于走廊的尽头，弥吉若非来此房间，就没有道理沿着走廊朝这里走。

"你在这儿啊！"弥吉说。

"嗯。"

悦子没有辩解。然后，二人返回弥吉房间之时，虽然走廊并不

---

① 日本埼玉县秩父地区的一种传统和服布料，是一种丝绸染色的平纹纺织品。
② 美国作家埃德加·爱伦·坡（1809—1849）于1844创作的一篇短篇小说《失窃的信》中的重要物件。

太窄，但老人的身体总是笨拙地撞在悦子身上，就像任性的孩子被母亲牵着手，不自觉地将身体撞向母亲一样。

两人在房间坐定后，弥吉这样问道：

"你去那小子屋里做什么呢？"

"去看日记呀。"

弥吉嘴巴微微动了一下，就一声不吭了。

十月十日是这方圆几个村子举行秋季赛会的日子。三郎应青年团一伙年轻人的邀请，从日落前就做好准备出门了。赛会上人山人海，带小孩出门十分危险，于是，为了不让想看赛会的信子和夏雄出门，浅子便答应和孩子一起留守家中。晚饭后，弥吉、悦子和谦辅夫妇带着美代，赶到村社去看村祭。

从傍晚开始，太鼓①的鼓声就已四处回荡，某种像是喊声又像是歌声那样的声音借着风势夹杂在鼓声之中传了过来。这些穿透田园夜色传过来的喊声，这些犹如夜晚森林里的禽兽那如歌声一般交相呼应的叫喊，非但没有扰乱夜之宁静，反而令夜晚更加安静了。即便离大城市不远，农村之夜也是如此深沉，只听见虫鸣稀稀落落，此起彼伏。谦辅和千惠子在换好衣服去赛会的片刻时间里，打开了二楼所有的窗户，倾听着四处传来的太鼓声。那可能是车站前的八幡宫的太鼓声。那很显然是接下来二人要去的村社的太鼓声。

---

① 太鼓为日本代表性乐器，太鼓的形状有大有小，形状似啤酒桶。

那大概是鼻子上涂了白粉的孩子们被允许在邻村村公所前轮番敲打的太鼓声。那鼓声最为稚嫩，偶尔会有中断。

虽然这对夫妇猜测起鼓声的来源时兴致勃勃，但意见分歧后便开始争吵。夫妻俩精力旺盛，简直到了让人觉得二人是否在演戏的程度，无法想象这番对话竟是年龄分别为三十八岁和三十七岁的一对中年夫妇的对话。

"不，那是冈町方向，太鼓声来自车站前面的八幡宫。"

"你可真固执，在这儿住六年了，连车站的方位都搞不清吗？"

"那你把指南针和地图拿来。"

"这里可没有那些玩意儿呀，夫人。"

"我是夫人，你可是个不掌事的老爷啊！"

"那当然啦！尽管只是个不掌事的老爷的夫人，也并不是谁都能当的啊！社会上一般的夫人，都是诸如局长夫人、鱼铺老板夫人、小号手的夫人之类的。你是个幸福的人呢！做一个不掌事的老爷的夫人可是这些夫人中的翘楚呢！因为你作为一个女人，却独占了男人的生活呀！对女人来说，难道还有比这更出人头地的事吗？"

"你理解错了呀，我说的是你也是个平凡的丈夫啊！"

"平凡了不起呢！人类生活和艺术的最后交汇点就是平凡啊！蔑视平凡就是不服输，害怕平凡就是人仍不成熟的证据。因为芭蕉之前的谈林派 ① 风格的俳谐 ② 也好，还是子规以前的平庸俳谐

---

① 江户前期的延宝、天和（1673—1684）时期流行的俳句派别，原指江户的田代松意一派，后泛指大阪的西山宗因为中心的新风格俳句。

② 指陈腐而没有新意的俳句。日本近代俳句改革人物正冈子规将旧派俳句讽刺为"月并（平庸）派"。

也好，其中都充满了平凡美学仍未消亡的那种时代的生活气息啊。"

"说到你的俳句，真是平庸俳谐之最啊！"

……这种语气的对话犹如脚离开地面四五寸一般落不到实处，没完没了。在对话中包含了一贯的情感主题，那就是千惠子对丈夫的"学识"无比敬仰。昔日东京的知识分子之中，这样的夫妇并不少见，至今还遵守这种良好风俗的他们，犹如过时的女人发型，来到农村依然显得很时髦。

谦辅点了一支烟，靠着窗户抽了起来。烟雾弥漫在靠近窗边的柿子树树梢上，宛如漂浮在水面上的一束白发，逐渐流向夜色之中。过了一会儿，谦辅说道：

"老爷子还没收拾好吗？"

"是悦子没有打扮好啊！公公估计在帮她系腰带吧。可能你不敢信，悦子连衬裙带子都是公公给系的啊！换衣服的时候，公公总是把门关严，嘴里嘀咕着为她系衣带。要说那种事情花时间，可真是的……"

"老爷子都一把年纪了还真够放荡的。"

二人的谈话自然落到了三郎身上，得出了一个结论，认为可能悦子冷静了下来，对三郎死心了。与事实比起来，谣言这东西大都遵循着正经的逻辑，有时反而是事实比谣言更具欺骗性。

前往村社要穿过屋后的林子，从通向今年春天的赏花地——松林的那条岔道，朝松林相反的方向走上一会儿，经过覆盖着灯心草和菱角的池塘畔，下了陡坡就可以看到鳞次栉比的住宅，神社位于这个村子众多住宅对面的半山腰上。

美代打着灯笼走在前面，谦辅在后面打着手电筒照着脚下。他们在岔道处遇见一个姓田中的忠厚的农民，田中也去看赛会，就跟在这一行人的后面。他带着笛子，边走边练习，笛声异常美妙，节奏欢快，正因为如此，反而显得悲凉。因此，跟着灯笼走的一行人就像送殡队伍一般默默无语。为活跃气氛，田中每吹奏一段，谦辅就敲一次掌，因此大家也跟着拍手。掌声传到池塘水面上，发出了空洞的回响。

"走到这里太鼓声反而听起来远了。"弥吉说。

"那是因为地形的关系啊！"谦辅从后面这样答道。

此时，美代脚下绊了一下，差点摔倒，谦辅便替她打着灯笼走在前面带路，让这个有点迷糊的姑娘带路不太靠谱。悦子闪在路边，亲眼看到美代把灯笼递给了谦辅，可能是灯笼光线的缘故，美代的脸色稍微有些苍白，目光呆滞。或许是悦子的心理作用，她觉得美代看上去连呼吸都很困难似的……在灯笼由一只手递到另一只手的瞬间，灯光照到了美代上身。悦子就是在这一瞬间从美代身上观察到的，悦子的眼睛近来已经对观察驾轻就熟了。

然而，这一发现很快被忘却了，因为爬上陡坡的一行人，对家家户户屋檐下那节日的灯笼所发出的美丽的光彩个个赞不绝口。

村民们大都去了赛会现场而不在家中，所以，家里无人的村子鸦雀无声，只有灯笼亮着。杉本家的人走过了那座架在穿过村庄的小河之上的石桥。白天放养在河里，夜间关进禽舍的鹅群，被突如其来的嘈杂的人声惊得叫了起来。弥吉说，这叫声像极了夜哭的婴儿，大家就想到了夏雄和他邂逅的母亲，觉着滑稽可笑。

悦子望着身穿唯一一件好衣服——箭翎花纹和服的美代，她警惕着自己的眼睛会无意识地流露出严厉之色。这一警惕不是顾忌杉本家的人，而是防范承受着此种目光的那个美代会嗅到自己的嫉妒。被这样一个有点迷糊的农村姑娘察觉出自己的嫉妒，这种想象，即便只是想象，悦子的自尊心也会被撕得七零八落。不知是因为面有病色，还是她身穿秩父铭仙绸箭翎花纹和服的缘故，今晚的美代也并不是毫无姿色。

"这个社会变得真是没有规矩了！"悦子心想，"至少在我小的时候，可是严禁女佣穿条纹之外的和服的。对女佣这样的人来说，穿华丽的箭翎花纹和服就是破坏常规，蔑视社会秩序嘛！要是母亲还活着的话，这样狂妄的女人，当天之内就会把她给辞了吧。"

无论下层看待上层还是上层看待下层，阶级意识这种东西，都能够成为嫉妒的借口。即便悦子对三郎从未持有这种老旧的阶级意识，这一点也显而易见。

悦子身穿农村不常见的碎菊花花瓣图案的条纹绉绸和服，罩上一件定做的稍短些的香云纱短外褂，稍稍抹上了一点珍藏的香水。这种香水与农村赛会并不相称，显然是为三郎而涂。不了解情况的弥吉，甚至将香水喷嘴对着她垂下来的领口喷。那些若有若无的肉色汗毛上挂着细小的香水滴，香水滴闪耀着珍珠般亮白的光，简直美不胜收。悦子的皮肤本来就细嫩，这由弥吉占有的奢侈部分，与弥吉那沾满泥土、骨骼粗壮的实质部分，简直以完全矛盾的形式从容地连接在一起，那双满是泥土的双手最终与散发着芳香的胸脯相连，完全没有了各自的界限。在弥吉看来，或许制造这种人为的矛盾才能够使自己获得"真正占有了她"这样一种心安理得吧。

一行人在转过大米配给所拐角的一条小巷里，突然嗅到乙炔灯散发的异臭，然后便看见乙炔灯下的夜市的热闹景象。有糖果铺、有把风车插在稻束上叫卖的、有在卖花纸伞的旁边卖不合时宜的焰火的、有卖纸牌和气球的。一到赛会时节，这些商贩就廉价从大阪的粗点心铺采购卖剩的商品，背着带背带的铁皮桶，在阪急梅田站内转来转去，逢人便搭讪，打听今天在哪个站下车可以赶上赛会。有的人看到冈町站前的八幡宫院内已被竞争对手占去了地利，多半对大赚一笔这一不切实际的幻想死了心，以一种即便争先恐后也无济于事的散漫的步子，三三五五沿着田间小路朝第二选择地——村社院内走来，或许是这个原因，这里卖东西的多是老头和老婆子。

孩子们围成一圈，观看玩具汽车被操纵着沿椭圆形路线跑着。杉本家的人一家一家地逛，为要不要给夏雄买一辆五十元的玩具汽车而争论起来。

"太贵，太贵啦！悦子去大阪的时候给他买会便宜些。而且，这种地摊净卖些今天买明天就坏的玩意儿。"

弥吉大声嚷嚷着这个最后的决定，玩具摊的老头用恶毒的目光瞪着他，弥吉也回瞪着他，眼神对决弥吉最终获胜。弥吉将对自己死了心而去招揽小孩子的老人甩在身后，陶醉在一种孩子气的胜利感中。他穿过神社最外侧的那个鸟居，上了石阶。

事实上，米殿物价比大阪高，只有不得不买的东西才在米殿买，一个例子就是粪便肥料。人们都说大阪的粪便肥料物有所值，冬天一车只卖二千元。便有农民用牛车从大阪弄来，弥吉只好不情愿地把它买了下来。大阪的粪便肥料与这一带的粪便肥料相比，因为原料上乘而效果显著。

大家一上石阶，就感到轰鸣声如潮水般劈头盖脸而来。石阶上方的夜空火星四溅，夹在呐喊声中的竹子的爆裂声震耳欲聋，可以看到摇曳的凄凉的篝火照亮了古杉树的树梢。

"不知道从这儿上去的话能不能到村社。"谦辅这样说道。

于是，一行人便从石阶的中段那里选择了迂回通向拜殿后面的曲折小径。众人好不容易走到拜殿的时候，明显气喘吁吁的，喘得最厉害的并非弥吉，而是美代。她用粗大的手掌，忐忑不安地摩挲着自己毫无血色的双颊。

拜殿前面宛如军舰舰桥上的情景，舰桥正将船头转向火光与呐喊轰鸣的旋涡之中，无法进入旋涡的女人和儿童就站在这里俯视着大门前庭院的骚动，石阶和石栏杆勉强保护着她们不受扰乱。但是，她们默不作声是有缘由的。因为火的影子和人走过时遮挡了火影的身影，不断地从这些人脸上、从她们放在栏杆上的手上、从石阶上不安分地急速闪过。

篝火火势时而猛烈增强，火焰犹如踢腾着大气似的摇晃着。于是，看热闹的女人和儿童的脸——杉本家的人也已加入其中——由于火光清晰的反射而轮廓分明，房檐下垂着的绑摇铃的旧布条就像正面迎着夕阳一般被染成了暗红色。影子又像跳跃起来那样渐渐升起，将这瞬间的光辉吞噬。此时，看上去神情严肃、默默无语的黑压压的一拨人留在了石阶上。

"简直像疯子一样啊！三郎也在里面吧。"

谦辅望着眼前乱作一团的人群，自言自语似的说道。他往身旁看了看，只见悦子的短外褂腋下有点开线，而她自己并没有察觉，他觉得今晚的悦子异常妩媚。

"哎呀，悦子，你的短外褂开线啦！"

说不该说的话，是他一贯的做派。

这时，恰逢新的呐喊声响起，他那无用的忠告没有传到悦子耳朵里。她的脸庞被篝火那悲情式的反射所映照，看上去比平时略带愠色，稍显庄重而又有点刻薄。

大门前庭院里的人群不断地朝鸟居三个方向狂奔而乱作一团。这些行动乍一看似乎毫无秩序，其实是被舞狮头指挥着。狮子竖起獠牙，犹如破浪前行似的驰骋着，绿色的鬃毛随风飘扬。舞狮人很快便大汗淋漓，三名身着浴衣①的年轻人不得不轮流替换。一百多个年轻人每人手里都举着一个白灯笼跟在狮子后面，他们围着狮子，灯笼连同身体相互碰撞，一会儿又乱作一团。不久，狮子像因发怒而变得狂暴一般，逃离人群，朝另一处鸟居奔去。它后面又有一百多个年轻人追了上来，灯笼依然亮着的所剩无几，大都破得只剩下一根柄，举灯笼的人连这一点都没有察觉，仍然高高举至头顶。而且，他们不断提高嗓音，发出了声嘶力竭的呐喊。门前庭院正中央耸立着筱竹，竹子下方点起了篝火，火自然而然地蔓延至筱竹，发出了竹节炸裂的声响。被火包围着的竹子一倒下来，人们又立起新的筱竹。从火势来看，在庭院四个角落燃起的篝火，与这疯狂的篝火比起来，在火势上还算平缓。

平素与冒险无缘的村民络绎不绝、不厌其烦地追着去看年轻人在落下的火星子中跟在狮子后面推推搡搡的那种冲动而过激的举动。这些人群，在乍一看风平浪静的内部始终洋溢着一种带有黏着力的波动。人群的拥挤，险些把最前排的观众推倒在乱作一团的年轻人之中。那些手拿团扇的年长的干事们，兼顾鼓舞年轻人士气

---

① 和服的一种，为夏季穿的单和服。

和维持观众秩序的任务，他们夹在两拨人之间，扯着嘶哑的嗓子喊叫着。

站在拜殿的石阶上看去，这些情景整体就像一条在篝火四周痛苦翻滚的巨大、幽暗且处处鳞片发光的蛇体。

悦子的视线投向了众多白纸灯笼剧烈碰撞的那片人群，在她的意识之中，弥吉、谦辅夫妇和美代已不复存在。这呐喊的实体，这疯狂的实体，这可怕而激昂的运动的实体……悦子的直觉由于精神恍惚而活跃起来，她认为这些事物的实体就是三郎，理应就是三郎。这种狂乱的生命力的白白挥霍，被悦子看作是熠熠生辉的东西，她的意识被置于此种危险的混沌之上，简直像放在砂锅上的冰块那样融化了。悦子觉得自己的脸，有时因为焚火、篝火的火焰而被照射得无法招架，这使她突然想起为将丈夫的灵柩抬出去而打开门后，从门外倾泻而入的十一月那猛烈的阳光。

千惠子看出悦子的目光在寻找三郎，但她根本没想到悦子所寻找的东西竟超乎其外，出于天生的一番好意，她这样说道：

"啊！看上去真有意思啊！咱们要不要也进里面看看？待在这儿的话，就无法体会农村原始的赛会气氛啊！"

谦辅从妻子的挤眉弄眼中察觉到妻子这一建议的用心。看样子反正弥吉不会跟上来，这一建议要是能略略报复一下他也就一举两得了。

"好的，我们鼓起勇气去看看嘛。悦子要不要也去，你还很年轻。"

弥吉做出一副常见的阴沉沉的表情，这是一副以此种细微的表情变化来指挥别人的男人那种看上去带着自信的阴沉面孔。过去，他就凭借这张阴沉的脸，甚至能让董事请示自己的去留问题。然而，悦子并不看弥吉这张脸，立即应道：

"我跟你们去。"

"爸爸要去吗？"千惠子说。

弥吉没有回答，将那张阴沉的脸转向美代，让美代明白她应该与主人一起留在这里。

"我这儿等着……尽量快点回来！"

他没有看悦子，就这么说了一句。

悦子和谦辅夫妇手拉手下了台阶，就那样牵着手像钻进大海一般挤进了人声鼎沸的人群。这些观众与在台阶上看到的相比，显得更为悠然自得地移动着。他们毫不费力地从迷迷糊糊地张着嘴、脸上无精打采的人群中横穿而过来到了前面。

悦子的耳畔，响起了竹子燃烧炸裂的清脆声响。此时，对她的耳朵来说，任何刺耳的声响听起来都很爽快吧。她那不为细微之事所动、而只寻求震裂鼓膜的危险的柔软双耳，现在却只顾着倾听自己内心情感里那不变的旋律。

舞狮头突然龇着金色的牙齿，在人们头上翻腾着朝另一个鸟居移动。突然，产生了混乱，人浪被分成了两拨，一些晃眼的东西聚成一团从悦子眼前掠过。原来是一群在烟花映照下半裸的年轻人，他们有的披头散发，有的将白色头巾的打结处绑到后面，个个发出野兽般的呐喊，卷起一阵带着湿热气息的风，从悦子眼前飞跑而过。此时，半裸的栗色突然撞在一起，结实的肌肉与肌肉碰在一起发出的沉闷声响，被汗水打湿的皮肤与皮肤相贴而又分离时发出的明朗的摩擦声，充斥在周围的空气之中。在黑暗中缠绕在一起的他们的光脚，犹如无数蠕动着的其他生物，令人毛骨悚然。没有一个男人知道自己的脚是哪一双，难道不是吗？

"三郎在哪儿呢？光着身子的话无法知道谁是谁啊！"——为了不想让妻子和弟妹被人群冲散，谦辅将手搭在她们肩上这样说道。悦子光滑的肩膀动辄就要离开他的手掌。

"确实啊，"他自我附和地继续说道，"人一赤身裸体，就会明白所谓人之个性的根据是非常薄弱的东西，也明白了即便是思想的类型，有四种也就足够这一点。这就是胖男人的思想、瘦男人的思想、高个子的思想和矮个子的思想。即便是脸，不论看哪张脸，都各有两只眼、一个鼻子和一张嘴，不会有独眼的小孩。就是最能够表现个性的脸庞，充其量也只是起到区别于他人的符号的作用。恋爱这东西，也不过是一种符号恋上另一种符号而已，因为一旦进入肉体关系之中，就已是无记名与无记名的恋爱了，仅仅是混沌与混沌、无个性与无个性的单性繁殖而已，就不存在男性或女性了。是吧？千惠子。"

就连千惠子也觉得他唠叨，随便附和着他。

悦子不由得笑了。这个男人一直在耳边絮絮叨叨，毋宁说他的思维就像失禁了一般。对了，这就是所谓的"脑髓失禁"。这是多么可悲的失禁啊！这男人的思想，正如这男人的屁股一般滑稽。但是，最根本的滑稽，是他这样独白的节奏，完全无法跟上眼前呐喊的、摇摆的、散发着气味的、跃动的、生命力的节奏。如果存在不将这样的演奏者从交响乐团中驱逐出去的指挥的话，我还真想见见这位指挥呢！然而，偏僻地区的交响乐团往往对这种走调比较宽容，就那样演奏下去……

悦子睁大眼睛，她的肩膀轻而易举地摆脱了谦辅那只搭在上面的黏黏糊糊的手掌。

原来她看到了三郎。三郎平素紧闭的嘴唇，由于叫喊而明显张着，露出了两排尖利的牙齿，在篝火火焰映照之下，散发着美丽的白光……

悦子在三郎那双决不会朝自己这边张望的眸子里看到了映在其中的篝火之光。

此时，舞狮头再次甩开人群，本以为它要斜眼傲视四周，却突然发疯似的调转方向，抖动着绿色的鬃毛从观众之中穿过，朝拜殿正门的鸟居跑去。半裸的年轻人一窝蜂似的追在后面。

悦子的脚挣脱了意志的控制，追赶着这推推搡搡的人群。她身后的谦辅大声叫着"悦子，悦子"，千惠子那种尖利的笑声也夹杂在叫喊声中传了过来，悦子没有回头。她感到精神层面的东西从模糊不定的泥潭中冒了出来，变成一种类似于臂力的肉体之力闪现于她的外部。有许多瞬间，她相信人生中任何事情都是可能的，在这些瞬间，人会看见许多平日眼睛无法看到的东西，这些一度横卧在遗忘的深层之后的东西便借机苏醒，再次向我们暗示世界的痛苦和欢乐那令人吃惊的丰富性。然而，谁都无法回避宿命般的这一瞬间，因此，任何人都无法回避看到自己目所能及的东西以外的东西这一不幸……悦子现在无所不能，她脸庞红得似火，被表情麻木的众人簇拥着，跌跌撞撞地向正门鸟居的方向跑去。这时候，她几乎处于队伍的最前列。用带子将和服袖子束起的干事手中的团扇即便打在她胸脯上，她也会对这一拍打毫无知觉，因为麻木状态和亢奋在相互抗争着。

三郎没有注意到悦子，他那肌肉格外结实的浅黑色的后背，恰巧背对着蜂拥而来的观众，他那张脸一边叫喊着一边挑衅着中间的舞狮头。他的胳膊悠然自得地高举着已经熄灭的灯笼，这灯笼不像其他灯笼那样可以看到难看的破洞。他活跃的下半身影影绰绰，很少运动的背部，暴露在火光和人影的狂舞之中，看上去似乎也在飞快地运动着，其肩胛骨周围肌肉的运动看上去犹如鸟儿在拍打翅膀。

悦子一个劲儿地盼望着手指摸到它，不知道这是哪一种类型的欲望，打个比方来说，她觉得那个后背就像深沉莫测的大海，她渴望投身其中。虽然那是接近投海者的欲望，但投海者翘首以盼的未必就是死。只要随投海之后而来的是与过去完全不同的东西，总之是另一个世界的东西的话就行了。

这时候，人群中产生了某种强烈的波动，将众人向前推去。半裸的年轻人与之相反，随着反复无常的狮子的移动而向后撤。悦子被后面的人推推搡搡，差点绊倒在地。此时，从前方挤压过来的火一般炽热的裸背撞向了她，她伸手顶住了。那是三郎的后背，悦子的手指感受到三郎背部那如年糕放置了一些时日后所具有的那种触感，品味到了那种庄严的炽热……因为后面的人群再次向前推进，她那尖利的指甲扎进了三郎的肉里。三郎由于兴奋而没有感到疼痛，他不想知道在这疯狂的拥挤中顶着自己后背的女人是谁……悦子感觉到他的血滴在了自己的指缝里。

干事的阻拦看样子根本没有效果，挤在一起的疯狂的人群，在大门前的庭院中央不断发出声响，来到熊熊燃烧着的筱竹附近。火堆被踩踏，连光脚的人们也已感觉不到烫了。筱竹被火包围着，发出带着火星的红色烟雾，将古杉的树梢照得通红。燃烧的竹叶，呈现一片犹如正面映照着夕阳的黄色，细小的火柱，震颤着，炸裂着，像桅杆那样大幅度地左右摇摆了一会儿，突然倒向了拥挤的人群……

悦子像是看到了一个女人头发着了火而大声狂笑着，接下来就无法追溯确切的记忆了。不管怎样，她已经逃脱出来。站在了拜殿的石阶前，她回想着映在眼帘中的天空被火星充满的那一瞬间，但她并不认为这一瞬间可怕。只见年轻人又争相朝另一处鸟居奔去，众人似乎忘记了刚才的恐怖一幕，又络绎不绝地跟随年轻人而去……什么事也没有发生。

悦子为何独自待在这里呢？她看上去迷惑不解地凝视着大门前广阔的庭院地上那不断飞舞的火焰与人影的交汇。

——突然有人拍了一下她的肩膀，是谦辅那仿佛带着黏性的手掌。

"原来你在这儿呀！悦子，我很担心你呢！"

悦子面无表情地抬头默默望着他，他却上气不接下气地说道：

"还有比这更严重的，请过来一下。"

"发生什么事啦？"

"怎么说呢，快过来吧！"

谦辅拽着她的手，大步流星地登上了台阶。在刚才弥吉和美代所在的地方围成了一道人墙，谦辅拨开人群，把悦子领了进去。

美代仰面躺在并排摆放的两张长条凳上，千惠子俯身对着她，想为她松松腰带。弥吉百无聊赖地伸开四肢阻挡着围观者。美代的衣服穿得松松垮垮，露出了松弛的胸部肌肤，她嘴巴微张，人事不省，手像抽筋似的耷拉下来，指尖碰到了石板路上。

"怎么了？"

"她突然晕倒了。可能是脑贫血，要不就是癫痫吧。"

"必须得请医生来呀。"

"刚才田中已经联系过了，说是要抬担架过来。"

"要不要通知三郎来？"

"不，不用了。没什么大不了的。"

谦辅不忍直视女人面无血色的那张脸而移开了视线。他就是所谓的那种连虫子都不敢碰的男人。

这时候，担架来了，田中和青年团的一名青年两个人将美代抬上了担架。下台阶非常危险，谦辅打着手电筒，大家慢慢地走下曲折的陡坡。手电筒的光偶尔照在美代那双目紧闭的脸上，看上去仿佛一副能乐面具。陆陆续续跟过来的孩子们看到这张脸，发出了夹杂着戏弄腔调的惊叫。

弥吉跟在担架后面，嘴里不断地嘟囔着什么，他所抱怨的事不言自明。

"……真是丢人现眼，给人留下风言风语的话柄，想不到丢人丢大发了，这病人偏偏赶在赛会高潮时犯病……"

好在诊所坐落在一个角落上，不用穿过一个个小摊点。担架穿过神社最外侧的鸟居，进入了一条阴暗的街道。病人与陪护的人进了诊所之后，诊所门前喜欢看热闹的人仍不肯散去，因为与其说他们对赛会不知何时能结束的那种反反复复兴味索然，毋宁说他们更想知道这个事情的最终结果。这些人踢着石子，说着闲话，眉飞色舞地等待着。这样的事情也是预料之中的赛会副产品，多亏发生了这件事，他们不用愁此后十天没有谈资了，这是一种绝好的消遣。

诊所换了负责人，一个年轻的医学学士代替父亲来担任此职。这个戴着无框眼镜的轻佻的才子，对亡父及所有亲戚的乡巴佬习气嗤之以鼻，但又单单对杉本家豪门一族的气派恨之入骨。因此，杉本一家在路上碰到他时虽然也会亲切地打招呼，但却流露出猜疑。要说是什么猜疑，那就是虚有其表的城里人那种装腔作势担心会被人看破的猜疑。

病人被送进了诊室，弥吉、悦子和谦辅夫妇被领进了面朝庭院的客厅，不得不在那里等候着。四人都沉默寡言，弥吉时而突然动动那对活像一种名叫文乐白太夫的人偶脖子的扫帚眉，仿佛眉毛上落满了苍蝇似的；时而发出出人意料的声响，把空气吸进白齿的空洞。他后悔自己迫不得已乱了分寸，如果不叫田中，事态就不会闹大，也不会抬来担架，肯定也只是被近处的人发现而已。曾经有一次，他一走进联合工会的事务所，那些正在说笑的职员突然默不作声了，其中一人便是大臣理应来访的那天来过杉本家的职员……光那件事就已被当作笑柄了，这次的事更是雪上加霜……肯定会被当作更具恶意的胡猜乱想的材料，这种危险还是很大的。

悦子低下头，在膝盖上将自己的指甲并拢，看到一个指甲上还牢牢沾上了已干的暗棕色血迹，她几乎是不由自主地将这个指甲贴在了嘴唇上。

身着白大褂的诊所负责人站着拉开了隔扇门，表现出他对杉本一家多少有点敬重的豪爽，若无其事地说道：

“请放心，病人已经醒了。”

对弥吉来说，他根本不关心这一病情报告，所以他爱搭不理地反问道：

“病因是什么？”

医学学士关上隔扇门走进了房间，他担心自己的西裤会弄皱，就慢腾腾地坐了下来，带着一种该职业不该有的讪笑说道：

“她怀孕了。”

第四章

自赛会那天晚上经历了可怕的失眠之后，悦子在睡梦中梦见了良辅，她对丈夫那久已忘却的回忆又复苏了，以致到了再次威胁她日常生活的地步。但是，这些影像与他刚刚去世时她在感伤性的月晕中看到的影像不同，这些是赤裸裸的有害甚至是有毒的影像。在这种影像之中，与他在一起的生活，变成了在秘密房间里开办的色情学校以及那不着边际的课业。与其说良辅爱着悦子，倒不如说是在教育悦子，与其说是教育，倒不如说是训练。正如街头艺人训练不幸的少女掌握各种各样的技能一样。

那令人深恶痛绝、残酷无情的反常的课堂，那被强迫进行的无数次的背诵、鞭打、惩罚……这些教给悦子一种狡猾的智慧，即"只要杜绝嫉妒，不爱也没关系"。

为了切身掌握这种狡猾的智慧，悦子不遗余力，白白耗费了全部精力，结果未能做到……

为获得"不爱也没关系"这一狡猾的智慧，需要一种苛刻的课业让悦子认识到自己什么辛苦都忍受得了……需要那种课业教给她这种智慧的处方……但是，这个处方由于缺少一些药而无济于事。

悦子认为这几味药就在米殿，她找到了，可以高枕无忧了，竟没想到这些也是以假乱真的无效之物！……这些原来是赝品！……一直惴惴不安的事，一直心惊肉跳的事再次发生了……

——医学学士脸上浮现出一丝冷笑说出"她怀孕了"这句话之时，悦子心如刀割，觉得自己脸色惨白，嗓子干得冒火，甚至想呕吐。不能让他们觉察出来！她看到弥吉、谦辅和千惠子三人脸上浮现着与其说是不严肃，倒不如说异常惊愕的神情。是的，这种情况挺出乎意料的，不能不吃惊。

"哎呀，好讨厌，真让我目瞪口呆。"千惠子说。

"说起现在的小姑娘，可真令人吃惊啊！"

弥吉尽可能以一种轻快的语气附和着，话里也包含着让医生了解此事与自己无关的意思，他最先盘算的是给医生、护士封口费的数额。

"真令人吃惊啊！悦子。"千惠子朝她这样说道。

"嗯。"悦子挤出一丝微笑。

"你这个人呀，属于遇事不会大惊小怪的类型，真是泰然自若啊！"千惠子又补充了一句。

那是理所当然的，悦子没有惊讶，因为她在嫉妒美代。

说到谦辅夫妇，他们对这件事兴致盎然。不持道德偏见，是这对夫妇引以为傲的优点。多亏这种自诩的优点，他们比瞎起哄的人还少了一些正义感。房屋起火是任何人都爱看的，不能说站在晾台上看比站在路边看更为高雅。

会存在所谓的没有偏见的道德这种东西吗？这种具有近代趣味的乌托邦，就是让他们勉强忍受农村无聊生活之时的梦想。为实现这个梦想，他们所拥有的唯一一件武器，就是他们的忠告，那种他们持有专利的热心的忠告。因为忠告，他们至少在精神上进行着忙碌的思考。但精神的忙碌，实际上是属于病人的。

千惠子由衷地崇拜丈夫学识渊博，其一例便是谦辅从不向人炫耀他懂希腊语！这点至少在日本是不多见的。他还对拉丁语语法中二百一十七个动词变化如数家珍；能一无遗漏地分辨出俄国众多小说中登场人物那长长的名字；还能滔滔不绝地说出诸如日本的能乐是世界最杰出的"文化遗产"（他非常喜欢这个词）之一，"其高雅的美意识确实可与西欧古典媲美"等话。他就像一个自以为是天才的作家一样，因为著述根本卖不出去，因为根本无人邀请自己去演讲，所以就相信自己的观点不容于世。

这对学识渊博的夫妇的信念，是一种袖手旁观的信念，相信只要稍稍下点功夫，人生就会发生改变。要思考那种犹如退伍军人似的自负从何而来的话，或许多半缘自谦辅所鄙视的杉本弥吉的遗传。当其他人没有按照他们既无偏见又无私心的忠告行事违背其忠告而导致了失败，他们就会认为这完全是被忠告之人的偏见而招致的报应。他们夫妇具有可以责备任何人的资格，其结果便是陷入了不得不宽恕所有人这一事与愿违的境地。难道不是吗？因为对他们来说，这个世界上根本不存在真正重要的事情。

即便是他们自己的生活，他们也认为只要稍作努力便能轻易改变生活，只是懒得努力。他们与悦子的不同点，实际上就是他们能够轻易爱上自己的懒惰。

因此，在从赛会回来的途中，谦辅和千惠子稍稍落后于其他人，走在雨云低垂的道路上，二人忐忑不安地期待着，共同预测着美代怀孕的来龙去脉。美代今晚住在医院，明天早上回家。

"至于是谁的孩子，这是明摆着的，肯定是三郎的。"

"这不是铁板钉钉的事吗？"

妻子根本没有怀疑到自己的丈夫，谦辅对此感到一种不合自己身份的失落。在这点上，他对已过世的良辅多少有些嫉妒，便故弄玄虚地说道：

"要是我的，你怎么办呢？"

"你开什么玩笑！我的脾气可容不得你开这种下流玩笑。"

千惠子像个小女孩似的将十指贴在双耳上，大幅度地扭着腰耍起性子来，这个较真的女人不喜欢低俗的玩笑。

"是三郎的，肯定是三郎的呀！"

谦辅也这么认为，因为弥吉已经没有正常的能力了，只要观察一下悦子，这一点是明摆着的。

"事情将如何收场？悦子的脸色可不是闹着玩的！"——他望着前方相距五六步远，正和弥吉并肩走着的悦子的背影低声说道。从后面可以看到，悦子走路时像是耸着肩膀，这肯定是因为她在压抑着某些情绪。"由此看来，她还是爱着三郎的呀！"

"是啊。就悦子来看，这很痛苦啊！她这个人怎么这么不幸啊！"

"就像习惯性流产一样，也有习惯性的失恋呢！神经组织或某个地方染上了毛病，每次恋爱必定陷入失恋的困境。"

"不过，悦子也很聪明，她会很快想到处理好自己感情的方法吧。"

"我们也设身处地为她斟酌斟酌吧。"

这对夫妇犹如只穿过成衣的人怀疑裁缝店是否存在一样，虽然对已出现的悲剧兴味盎然，但又不相信真的有悲剧性的人。对他们来说，悦子仍然是难以解读的文字。

十月十一日这天从早上就一直下着雨，因为是狂风暴雨，一度打开的木板套窗又关上了。而且，白天停电，夏雄的哭声以及与此哭声呼应的信子那闹着玩的假哭声，穿过楼下各个像土墙仓房那样暗淡无光的房间，听起来真是太令人厌烦了。信子为没能看赛会一直在闹情绪，今天没去学校。

由于这个原因，弥吉和悦子难得地去了谦辅房间。因为二楼没有木板套窗，所以玻璃窗做得非常坚固，好挡住雨。但去了一看，发现一处漏雨，地上摆了个放有抹布的铁皮桶接雨水。

这次访问是划时代的。弥吉闭门谢客，自己固步自封地生活着，从未进过谦辅和浅子的房间。因此，他自然而然在自己家中为自己设置了一个禁区，这就导致谦辅看见弥吉走进来时，生怕出什么差错而诚惶诚恐、不胜感激地忙上忙下，与千惠子一起准备红茶，这一点大大改变了弥吉对他们的印象。

"不用忙活了。我们只是来避避难。"

"真的不用张罗了。"

弥吉和悦子先后这样说道。他们就像是小孩子玩模拟公司人事关系的游戏，扮演着到部下家里访问的社长夫妇那样的角色。

"悦子简直让人捉摸不透啊！坐在公公身后，有点像藏在他后面似的。"千惠子事后说道。

雨丝密密麻麻，将周围封闭了起来。风稍稍平息了，所以只有雨声听起来令人恐怖。悦子移开目光，看了一眼如墨汁一般沿着漆黑的柿子树树干流下来的雨水。看到这一切，她的心情简直就像封闭在单调、残忍而又高亢的音乐之中。这雨声难道不像几万个僧人在诵经吗？弥吉在说，千惠子在说……人类的语言是多么苍白，多么滑头，多么无意义啊！没有人情味、卑微却拼命对着某物逞强的语言又是多么劳碌啊！……任何人的话语都敌不过这残忍有力的雨声，对抗这雨声，打破雨声那犹如死亡一样的壁垒的，唯有不被这样的语言所烦扰之人的呐喊——那种不明语言之意的灵魂的呐喊。悦子想起了被篝火照亮，从眼前奔跑过去的一群玫瑰色的裸体，想起了他们富有朝气的干脆的呐喊……只有呐喊才是举足轻重的。

悦子突然回过神来，弥吉声音很高，他在征求悦子的意见。

"肚子里的孩子若是三郎的，该怎样处置美代呢？我觉得这个问题要看三郎的态度。要看那小子是不是讲义气。若三郎坚持回避责任，就不能让这样一个不讲道义的人留在这个家了，将他解雇，只让美代留下……另一方面，美代要立即打胎……再者，若三郎承认自己的过错而娶美代的话，那就算了，让他们以夫妻的名义继续留在这儿……也就这两种可能了，你怎么想？或许我的意见多少有点偏激，但我是打算按照新宪法精神来处理呢！"

悦子没有回答，只是在嘴里若有若无地说了句"这个嘛……"，那双秀丽的黑眼睛凝望着在空中发现的某个毫无意义的焦点。雨声填补了这种沉默……虽说如此，谦辅还是觉得这样的悦子有点像疯女人。

"这可让悦子怎么选呢！"

谦辅帮她解了围。

但是，弥吉非常冷淡，没有理睬谦辅的解释。他心急如焚，在谦辅夫妇面前提出这个二选一方案的动机，是一种试探悦子的迫切欲望，是一种谋划好的盘问。若悦子袒护三郎，就只能允许他们结婚；如若相反，她在大家面前言不由衷地谴责三郎，就只能同意将他赶走。如果弥吉过去的部下看到他玩弄这种低三下四的伎俩，估计会怀疑自己的眼睛吧。

弥吉的嫉妒实在太微不足道了。搁在壮年之时，看到妻子对其他男人动心，他会粗暴地给她一巴掌让她从痴心妄想中清醒过来。好在过世的妻子是一个不会产生那种见异思迁的妄念的女人，她一味地将对丈夫进行上流社会式教育当作可爱的妄念。现在，弥吉老了，这是来自内部的衰老，犹如内部被白蚁蛀蚀的鹫鸟标本……虽然弥吉直接感受到悦子在暗恋三郎，但不能诉诸比这更强硬的手段。

一看到这个老人眼中闪烁着那种软弱而又贫乏的嫉妒之光，悦子反而产生了一种无意想对他人炫耀的情绪，她对自己的嫉妒感到自豪，对时刻能感受到的、自己内心储存着的"令人痛苦的能力"感到自豪。

悦子直言不讳地说出了自己的意见，她爽快地说道：

"不管怎样，我要见见三郎问问实情，我觉得这样比爸爸直接说好。"

一种危险将弥吉和悦子置于同盟的位置上，这种同盟关系不是建立在世上普通的同盟国那样的利益上，而是基于嫉妒。

接下来，四人无拘无束地聊到了中午。回到房间用餐的弥吉，让悦子拿了大约两合①芝栗送到了谦辅的房间。

悦子在准备午饭，她打破了一个小碟子，手指被火烫了一下，受了轻伤。

只要是软和的饭菜，弥吉都说好吃；而坚硬的饭菜，不管是什么他都说难吃。他表扬悦子的厨艺，不是因为菜的味道，而是因为饭菜做得软和。

在檐廊拉门关闭的雨天，悦子下厨房做饭。为了保温，她没有将美代煮好的米饭盛到饭桶里，而就那样放在锅里。美代煮好米饭后就离开了，炭火已经燃尽，悦子就从千惠子那里取来火种移到炭炉里。就在那一瞬间，她的中指被烧伤了。

这种疼痛使悦子焦躁不安。如果叫出声来，她不知为什么总觉得闻声而至的绝不可能是三郎，恐怕弥吉会急急忙忙跑过来，敞着和服下摆，露出丑陋不堪、满是茶色皱纹的小腿肚，大声问一句"怎么啦?"三郎绝不会来⋯⋯若悦子突然发出疯子般的狂笑，恐怕来的还是弥吉，他会疑神疑鬼地将眼睛眯成三角形，只会努力去猜测那笑声的意义，而不会同她一道放声大笑⋯⋯他已经不再是会和女人一起无所顾忌地开怀大笑的年龄了⋯⋯但是，他是她唯一的回声，是她这个还绝不能说是上了年纪的女人唯一的回应。

在没有铺地板的五坪左右的厨房里，一部分地方流进了雨水而

_____

① 日本容积单位,升的十分之一。

112

形成了污水坑，水坑的反射慵懒地映出了玻璃门灰色的光线。悦子一直站在紧贴着光脚的湿乎乎的木屐上，用舌尖舔着烧伤的中指，茫然若失地望着这一切，脑子里满是雨声……

即便如此，所谓日常工作，是非常滑稽可笑的。她的手就像散架了似的动了动，将锅架在火上，加上水，放入糖，再将切成圆片的甘薯放进去……今天的午餐菜谱就是糖水煮甘薯、黄油炒在冈町买的青头菌和肉末，还有山药泥……这些都是悦子靠着恍惚的热情做成的。

这期间她就像一个围着锅台转的女佣那样不断徘徊在梦想之中。

"痛苦尚未开始，这是怎么回事呢？痛苦真的还没有开始，痛苦应该使我的心冰封起来，使我的手颤抖不已，使我的脚不能动弹……这样做着菜的这个我是什么呢？为什么要做这些事呢？……冷静的判断、击中要害的判断、情理兼具的判断，我觉得好像还能做到。不，一直到刚才还能做到。按说因为美代怀孕我的痛苦已经结束了，可还有什么不足的呢？是不是为结束痛苦必须要附加上更加恐怖的内容呢？

"……我姑且按照自己冷静的判断行事吧。看到三郎，对我来说是一种痛苦而非喜悦。但是，看不到三郎我就活不下去。三郎不能离开这儿，为此，必须让他结婚。同我结婚？这是多么混乱啊！同美代？同那个农村丫头？同那个一身烂西红柿味，一身尿骚味的笨丫头？这样，我的痛苦就要完结了，就要成为完整的东西，就要变成没有缺憾的东西……这样的话我可能会松一口气，那种稍纵即逝、以假乱真的安心就会到来吧。我就依靠它，相信它的

113

虚伪吧……"

悦子听见白脸山雀在窗框上鸣叫，她将额头贴在窗玻璃上，看着小鸟整理那湿淋淋的翅膀。小鸟眼中白而薄的眼睑似的东西，使它那乌黑明亮的眼珠若隐若现。喉咙处稍稍翻起的羽毛在不停地抖动，这令人烦躁的叫声就出自那里……悦子看到视野尽头有一个极其明亮的东西，雨势稍稍小了点，庭院尽头的栗树林里逐渐亮了起来，就像在黯然无光的寺庙之中打开了一个金光闪闪的佛龛一般。

到了下午，雨完全晴了。

悦子跟着弥吉来到了庭院，将因被雨水冲走了支棍而倒下的蔷薇扶正。一朵蔷薇浸在了淹过草地的雨水之中，花瓣就像经过一番垂死挣扎般飘零在水面上。

悦子将其中一棵扶了起来，用发绳将其绑在立着的支棍上，好在没有折断。挨着手指的那种湿润的厚实的花瓣，是弥吉引以为豪的。悦子出神地注视着那一碰到手指便贴在手指上，给人一种清爽之感的美丽、鲜红的花瓣。

但是，弥吉做这些活计时，却像是怄气似的面无表情，闷声不响。他穿着长筒胶鞋和军裤，猫着腰一棵接一棵地把蔷薇扶正。以这样一种沉默不语、一本正经的神情进行的重体力劳动，是骨子里没有失去农民本色之人的劳动。这种时候的弥吉是悦子喜欢的。

三郎恰好从悦子面前的石板路上走过，他打招呼道：

"我没注意到，对不起。我准备一下过来自己做。"

"已经弄完了，不用了。"

弥吉说道，并没有抬头看三郎的脸。

只见三郎那张浅黑色的圆脸在大草帽下冲悦子粲然一笑，破旧的草帽檐斜着耷拉了下来，所以夕阳在他的额头上描绘出了一道明亮的光斑。他微笑着的嘴角露出了两排洁白的牙齿，犹如被雨水冲洗过一般清新亮白。看到这种白色，悦子就像苏醒了一般站了起来。

"你来得正好。我有话跟你说呢！请跟我一起去那边。"

悦子过去从未当着弥吉的面用这样豁达的语调对三郎说话，即便这是不必顾忌弥吉的光明正大的谈话。不但如此，对仅听到这句话的人来说，悦子的话甚至可以理解为露骨的引诱。悦子无视接下来应该说到的苛刻的任务，半是陶醉地说着让自己心花怒放的话语。因此，她的声音中洋溢着一种喜出望外且压抑不住的甜美。

三郎疑惑地望了望弥吉，悦子已经推着他的胳膊肘，促使他朝通往杉本家门口方向的小路上走。

"你们打算站着把话说完吗？"

弥吉半是惊讶地喊道。

"是啊。"

悦子说。她那无意识的急中生智，令弥吉失去了窃听自己和三郎说话的机会。

"你刚才要去哪儿？"

悦子首先询问的，就是这样毫无意义的事情。

"回夫人的话，我要寄封信。"

"什么信啊，让我看看。"

三郎老老实实将一直卷成圆筒握在手中的明信片给悦子看。那是封写给家乡友人的回信，仅有四五行，简单讲述了自己的近况，字迹非常稚嫩。

> 昨天是这里的赛会，我自己也是一名年轻人，就出去欢闹了。今日实在太累了，不过，不管怎么说，欢闹一下还是挺开心的。

悦子耸了耸肩膀，笑着说道：

"信写得很简单啊。"

她这样说着，将信还给了三郎。听她这么一说，三郎脸上有点不服气。枫林顺着石板小路，将雨后枝叶上的水滴和夕阳的光点四处洒落在石板上。一棵树底部树枝上的叶子已经变红，在风中微微摇曳着。在转向石阶的地方，可以看到一直被枫树树梢占据的天空变得开阔了，二人这才发现天上布满了卷积云。

这种无法言说的愉悦，这种沉默那无法言说的丰富性，带给悦子一种内疚之感。她奇怪自己竟就这样将为了结痛苦而留给自己的宝贵的闲暇消费掉了。难道自己就这样一直不着边际地聊下去吗？不提那重要且痛苦的话题就完事大吉了？

两人过了桥。小河水位上涨，可以看到呈土褐色的河水在奔流的过程中，无以数计的水草一齐随着水流漂荡，犹如新鲜而茂密的绿色头发时隐时现。他们从竹林间穿过，来到了路上。这里能够眺望雨后那绿油油的辽阔的庄稼地。这时，三郎站住了，摘下了草帽。

"那我走了。"

"去寄信吗？"

"是。"

"我有话跟你说呐，请过一会儿再寄。"

"好的。"

"去街上的话就会有很多人知道，在路上碰到挺烦的。我们就朝公路那边走，边走边说。"

"是。"

三郎眼中流露出一丝不安，平时冷若冰霜的悦子竟如此热心地干预自己的事情，他感到悦子无论是话语还是身体都离自己如此之近，这还是第一次。

三郎闲得无聊，将手伸向了后背。

"后背怎么啦？"悦子问。

"哦，昨天赛会-·结束，发现背上受了点轻伤。"

"很疼吗？"悦子皱着眉头问道。

"不疼，已经全好了。"三郎快活地答道。

这年轻的皮肤，简直就是铁打的！悦子心里想道。

泥泞的小路和湿漉漉的杂草弄脏了悦子和三郎没穿袜子的双脚。不久，小路变窄，无法并排走了。悦子撩起和服下摆在前面走着，她突然担心三郎不在自己身后而想叫他的名字，但叫他名字也好，回头看也好，都有点难为情。

"那不是自行车吗？"

悦子回头这么说道。

"不是。"

眼前的三郎一副不知所措的表情。

"是么，我刚才像是听到了铃声。"

她垂下目光，看到三郎那双粗壮的大脚和她的光脚一样被泥水弄脏了，这一发现令她心满意足。

公路上仍没有汽车驶过，而且，混凝土路面早已干了，在各个地方只留下倒映着鱼鳞状卷积云的水洼，一条像是用白粉笔描出的鲜明的线条，隐没在傍晚浅蓝色天空下方的地平线上。

"美代怀孕的事，你知道了吧？"

悦子同三郎肩并肩走在一起时问道。

"是的，我听说了。"

"听谁说的？"

"听美代说的。"

"是吗？"

悦子感到自己心跳加速了，最终不得不从三郎口中听到这一对自己来说最为痛苦的事实。在这一决心的底层仍然存在着一种复杂的希望，她想，三郎或许知道一些截然相反的证据。譬如，与美代发生关系的人是米殿村的某个青年，这男人是个臭流氓，三郎屡屡忠告美代，可她听不进去……再譬如，美代同一个在联合工会就职的有妇之夫出了生活作风问题等等。

这些希望与绝望，以现实的形式交替浮现在悦子眼前，所以，她内心惧怕每一个希望与绝望，使她将涉及核心的当面质问无限地往后推。它们宛如雨后清新的空气里隐含的无数活跃的微粒子，宛如急于实现新的结合而跃动的无数元素，她将这些透明的气息吸入鼻腔，尽情体验着脸部皮肤开始发烫的感觉，二人默默地在无人的机动车道上走了一会儿。

"美代的孩子，"悦子突然说道，"美代孩子的父亲是谁？"

三郎没有回答，悦子等待着他的答复。他迟迟没有答复，沉默到了一定程度也就具有了某种意义。等候这一具有意义的瞬间是悦子不堪忍受的，她闭上眼睛，接着又睁开了，仿佛被盘问的人是她……悦子偷偷看了一眼三郎的侧脸，他低着头，脸庞在草帽下形成了一幅刚毅的剪影。

"是你的吗？"

"是，我想是的。"

"'我想是的'这句话，是不是还有其他可能呢？"

"不，"三郎面红耳赤，脸上浮现的讪笑仅仅扩展到某一角度便凝固了，"就是我。"

面对这直来直去的回答，悦子紧咬嘴唇，认为即便是拙劣的谎言，三郎也应知否认，做做样子，这是对她应有的礼貌。在这种郁闷之中，她失去了自己寄托的一丝希望。如果悦子的存在在他心中占据了某种程度的地位的话，他就不会如此直截了当地供认不讳。其实，根据谦辅和弥吉的断定，事实对她来说大致也已不言自明，但比起确认三郎是孩子父亲，她将更多的赌注押在了可能会否定这一点的三郎那害羞和畏惧的反应上。

"是吗？"悦子像是心力交瘁地说道，说话气若游丝，"那么，你爱美代吗？"

三郎最费解的就是这句话了。对他来说，这句话好像离自己十分遥远，属于特别定制的奢侈词汇，话中存在着某种剩余之物，存在着不切实的、超出范畴的内容。虽然他和美代结下了实实在在的关系，但未必是持久的关系，犹如放置于某个半径之中才不得不互相吸引的磁石，一旦出了半径就不再相互吸引了。对这样的关系来说，"爱"这个词是极不贴切的。他预料到弥吉或许会拆散美代和自己的关系，但这一猜测并没有让他感到痛苦，即便被告知美代怀孕之事，对这个年轻的园丁来说，也根本没有将要为人父母的意识。

悦子的盘问迫使他回忆种种过往，他记得悦子来到米殿大约一个月后的一天，美代按照弥吉的吩咐去仓库取铁锹，铁锹塞到了仓库里面，怎么拔都拔不出来。她就过来叫三郎，三郎去仓库把铁锹拔了出来。拔的时候，美代可能是打算为用力拔铁锹的三郎加把劲儿，就将头钻进了他的胳膊下面，顶着压在铁锹上面的旧桌子。三郎嗅到了夹杂在房间霉味之中的美代脸上那化妆品的浓香。在将拔出来的铁锹递给美代之时，她并没去接，而是呆呆地抬头看着他，三郎的胳膊不由自主地伸开抱住了美代。

那就是爱吗？

梅雨即将结束时，在这个像被压抑的俘虏那样的季节行将结束之时的狂热躁动，唆使三郎冲动地光脚从窗口跳进了深夜的雨中。他绕房屋半周，叩响了美代卧室的窗户。他那双适应了黑暗的眼睛，毫不费力就认出了玻璃窗内清晰浮现出的美代的睡容。美代睁开眼睛，看到从窗外窥视的三郎脸部投射在玻璃上的影子和洁白的牙齿，这个平时慢条斯理的少女迅即掀开被子一跃而起。她睡衣胸襟敞开着，一边的乳房露了出来。那是一只像绷紧的弓一般坚挺的乳房，甚至让人觉得睡衣敞开或许是被乳房撑开的缘故。美代小心翼翼地打开窗，两人看着对方的脸，三郎默默指了指自己满是泥水的脚，美代便去拿抹布，让他坐在窗框上，亲手为他擦脚……

那就是爱吗？

在一刹那间，三郎回味着这一连串的过往，他觉得自己只是想得到美代的身体，好像并不爱她。他终日所想之事，就是计划去地里除草，或是梦想着再次发生战争的话报名参加海军去冒险，或是幻想着天理教诸多预言的实现，或是想象着世界终结之日天降甘露于甘露台上，或是回忆快乐的小学时代在山野奔跑的情景，或是盼着吃晚饭，等等，想到美代的瞬间，尚不及一天时间中的几百分之一。生理上对美代的需要，这样一想也就变得模糊了，那是与食欲同一层面的东西。那种同自己的欲望作斗争的苦闷经历，与这个健康的年轻人完全无缘。

因此，三郎对这个艰深晦涩的盘问一瞬间深思冥想，随即便疑惑地摇了摇头。

"不！"

悦子怀疑自己听错了。

她喜笑颜开，那副样子甚至会让人觉得她在痛苦不已。三郎的目光被渐渐可以看清的阪急电车那在树林间时隐时现疾驰而过的情景吸引了，没有去看悦子此时的表情。如果看到的话，他肯定会惊诧于自己的话意外地带给了悦子难以想象的剧烈痛苦而会急忙改变话题吧。

"你说不爱她……"悦子说着，仿佛在慢慢品味着自己的喜悦。

"……你……这是真的吗？……"悦子边说边诱导三郎再切实地说一遍"不"字，"不爱她倒也没关系，说说你心里怎么想的，你不爱美代对不对？"

三郎没有特别留意悦子话语的重复，"爱她吗？不爱吗？"……啊！这是多么无意义的烦心事啊！这样的琐事夫人说起来却像是翻天覆地的大事。他那深深插入裤兜里的手指，摸到了几片昨天作为赛会酒宴下酒菜而端上来的鱿鱼干。"在这里要是将鱿鱼干含在嘴里吮吸的话，夫人会是一副什么表情呢？"三郎心中想象的悦子那痛苦的样子使他产生了想诙谐一把的念头。他的手指夹出一片鱿鱼干，轻快往上一抛，旋即便像一只欢蹦乱跳的小狗一样用嘴巴接住了，天真无邪地说道：

"是的，我不爱她。"

即便爱管闲事的悦子去美代那里搬弄是非，说三郎不爱美代，美代也不会吃惊。这对恋人都是直性子，从未说起过爱不爱这样的烦琐之词。

过于漫长的苦闷使人愚钝，因苦闷而变得愚钝的人，已经无法怀疑快乐了。

悦子站在这里思前想后，不知不觉信奉了弥吉那一套正义，她觉得正因为三郎不爱美代，所以就必须要和美代结婚。而且，她躲在伪善者的假面具之下，将"让自己爱都不爱的女人怀孕的男人，其责任就是要同她结婚！"这一道德判断强加给了三郎，并以此为乐。

"你这人，可真是个表面上瞧不出来的坏蛋！"悦子说，"让自己爱都不爱的人怀了孩子，你就必须得同她结婚啊！"

三郎突然用那双犀利而美丽的眼睛回头看着悦子，为将这种视线顶回去，悦子加强了语气。

"这事由不得你。我们家一直都很体谅年轻人，这是我们的家风，但却不允许行为不检点。让你俩结婚是我公公的命令，就是得结婚啊！"

三郎对这一意想不到的事态发展目瞪口呆，他一直认为弥吉会拆散两人。但是，结婚的话也没什么，他只是有点顾虑爱吹毛求疵的母亲的意见。

"我想同母亲商量以后再定。"

"你自己怎么想呢？"

悦子如果不能通过自己的苦劝让三郎承诺结婚的话就无法安心。

"老爷发话让我娶美代的话我就娶她。"

三郎说道。对他来说，这又不是什么大不了的事。

"这样我也就如释重负了。"悦子爽朗地说道，问题就这样轻松解决了。

悦子被自己制造的幻影所欺骗，陶醉在自己迫使三郎不得不同美代结婚这一幸福的情形之中。在这酩酊之中，难道就没有类似身受恋爱打击的女人自暴自弃喝闷酒的成分吗？这种酒与其说是为寻求陶醉心态，倒不如说是为寻求失意；与其说是为寻求梦境，倒不如说是为追求盲目。这酒恐怕是为了做出愚蠢的判断而故意饮下的吧？这种强迫式的醉酒，难道不是为避免受伤害而在无意识中自己根据构思好的剧情实施的行动吗？

显然，"结婚"这两个字明显令悦子惶恐不安，她想借弥吉之手来处理这两个可憎的字眼，让弥吉那专横的命令来承担责任。在这一点上，她依靠着弥吉，就像一个小孩子想看可怕的东西而自然而然躲在大人身后一般。

道路在冈町站前朝右拐去，即将与公路交会。在此，二人碰到了两辆美观的大轿车驶入了公路。一辆为银白色，一辆为浅蓝色，均为一九四八年款式的雪佛兰。车子发出天鹅绒般柔和的声音，划出一道曲线从二人身旁擦过。前面那辆车坐满了神采飞扬的青年男女，从悦子身旁经过时，驾驶台的收音机播放的爵士乐在她耳畔久久回响。后面那辆车司机是日本人，幽暗的后排座位上，坐着一对四五十岁，如猛禽一般的夫妇，他们一头金发，目光犀利，一动也不动地坐着……

　　三郎嘴巴微张，一脸羡慕地看着车子远去。

　　"那些人大概是回大阪吧。"悦子说。

　　此时，悦子感受到远处大城市那各种声音混在一起形成的模糊的噪声突然乘风而来，冲击着她的耳膜。

　　悦子很清楚，即便去大城市，也不可能有什么看头。对她来说，没有理由像乡下人那样憧憬大都市。的确，所谓大都市，就是一些故弄玄虚的建筑。但那些建筑并不能吸引悦子。

　　她殷切地渴望三郎挽着自己的胳膊，自己靠着他那长满金色汗毛的胳膊，沿着这条路一直走下去。这样，二人不知不觉间置身于大阪，置身于这个纵横交错的大都市的正中心，被人浪推着朝前走。发觉这一点后，她惊讶地环视了一下四周，或许从这一瞬间起，悦子真正的生活即将开启……

　　三郎会挽自己的胳膊吗?

　　这个大大咧咧的青年，对这个一言不发，同自己并肩行走的年长寡妇感到无聊，他不知道悦子为了他每天早上精心梳头，而他只是出于好奇轻轻瞥了一眼她那奇特且散发着香味的发髻，做梦都没有想过这个异常冷淡而又孤傲不群的女人内心之中竟存在着少女般想与自己挽着胳膊那样的胡思乱想。他突然停住脚步，转向右边。

"要回去吗？"

悦子低声下气地抬起眼，那迷蒙的眼睛微微泛着蓝光，仿佛映照着傍晚的天空。

"已经很晚了。"

两人出乎意料地走了这么远。在远处的森林后面，杉本家的房顶在夕阳中熠熠生辉。

两人走了三十分钟左右才到了那里。

……从那以后，悦子真正的痛苦开始了，那是种一切就绪的真正的痛苦。世上常常就有这种不幸之人，花费一生心血的事业成功之时，却患了绝症，只能痛苦地死去。在旁观者看来，无法分清他千辛万苦一辈子，到底是为了事业有成，还是为了住进大医院的高级病房痛苦而死。

悦子本打算花费时日，固执而又满怀喜悦地期待着看到美代倒霉，看到她的厄运像霉菌那样生长并腐蚀着她的身体。没有爱情的婚姻结局，和悦子过去的情况一样将陷入毁灭。她本打算耐心地、眼睛一眨不眨地凝望着这一结局。（如果能亲眼看到这一结局，即便断送一生她也在所不惜；哪怕必须要等到白发苍苍，她也要翘首以待。）她未必希求三郎的情妇就是自己，总之，只要能够看到美代在自己面前心灰意冷、烦恼苦闷、筋疲力尽地意志消沉下去就行了。

但是，这一计划不久便显而易见落空了。根据悦子的汇报，弥吉把俩人的关系公开了。一碰到村里那帮喋喋不休的家伙刨根问底，弥吉就明言那两人早晚会结婚。为维护家里的秩序，二人的房间仍然和以前一样分隔开来，但允许他们一周同寝一次。两周后的十月二十六日，三郎前去参加天理教秋季大祭，到时候同他母亲商量，一谈妥便由弥吉充当媒人举行婚礼，这一切都安排好了。弥吉带着一种热情来操办这些事情，脸上前所未有地浮现出老人那样慈眉善目的微笑，他的态度显得有点过于通情达理了，对三郎和美代的相爱网开一面。不用说，弥吉这种新的态度，总是顾忌着悦子的存在。

这是怎样的两周啊！悦子回忆起从晚夏至秋季时那辗转反侧的一个个夜晚，那时丈夫不知多少个夜晚整夜不着家，这令她苦不堪言。所有走近的脚步声都会令她烦恼，反复想打电话而又犹豫不决，任时光白白流走。她数日粒米未进，喝了水后就躺在被窝里。一天早上喝完水后，她觉得水的冰凉渗透全身。那时，她突然起了服毒之念，一想到毒药那白色晶体和水一道静静地逐渐渗透到浑身各个组织时所产生的快感，她就陷入了恍惚之中，毫无伤感的泪水如雨而下……

同那时一样的征兆，一种难以名状的寒战和连手背都起鸡皮疙瘩的身体反应出现在悦子身上。这种寒冷，难道不是牢狱之寒吗？这种身体反应，不就是犯人的身体反应吗？

犹如过去良辅不在身边令悦子深受伤害一样，这一次是三郎近在眼前却令她痛苦不堪。今年春天三郎去天理之时，他的离开比在

126

自己眼皮底下更能给悦子一种亲密之感。然而，如今她被缚双手，手指碰他一下都被禁止，不得不眼睁睁地看着三郎和美代肆无忌惮地郎情妾意。这是一种残酷无情、令人毛骨悚然的刑罚，而且是她自己招来的刑罚。她憎恨自己当初没有选择解雇三郎，让美代堕胎。悔恨几乎让她失去了容身之处，万万没有想到，不愿放弃三郎这一理所当然的欲望，反过来会成为可怕的痛苦来报复她……

　　但是，在这种悔恨之中就没有悦子的自欺欺人吗？这果真就是与期望"背道而驰"的痛苦吗？这难道不是她意料之中的理所当然的痛苦吗？难道不是她自己早有心理准备的、毋宁说她所希冀的痛苦吗？……就在刚才，希望自己的痛苦变成没有缺憾的东西的人难道不是悦子？

　　十月十五日，冈町会举办一个水果集市，质量上乘的水果将发往大阪。十三日这天是个难得的好天气，大仓的家人也过来帮忙摘柿子，杉本家这一天忙得焦头烂额。今年柿子的收成稍稍好于其他果树。

　　三郎爬到树上摘果子，摘满一筐就从树枝上吊下来，美代在树下等着取下篮筐，换一个空筐挂上去。树枝猛烈摇摆，从下面一看，透过枝叶仰望到的耀眼的蓝天似乎也变得摇摇晃晃。美代抬头望着三郎的脚掌在浓密的树叶间动来动去。

　　"装满了！"三郎说。

　　篮筐装满了光亮润泽的柿子，碰撞着下方的树枝落在美代举起的双手上。美代面无表情地将篮筐放在地上，又开穿着碎白点花纹布劳动裤的双腿，又将倒空的篮筐递向枝头。

　　"爬上来呀！"

三郎这么一招呼，美代立即应道：

"好嘞。"

话音未落，她便以惊人的速度爬到了树上。

这时，悦子头裹手巾，用袖带挽起和服衣袖，抱着一摞空筐子由此经过，她听到了树上打情骂俏的声音。三郎阻止美代向上爬，不仅如此，他还捉弄她，强行要掰开她那抓着树枝的双手。美代大声惊叫着，试图想抓住垂在自己面前的三郎的脚踝……他们的眼睛都没有留意到躲在树林中的悦子的身影。

过了一会儿，美代咬了一下三郎的手，三郎戏谑地骂了她几句。美代一口气爬上了比三郎手抓的树枝还要高的树枝上，用脚将三郎的脸往上钩。三郎伸手按住了她的膝盖。这期间树枝不停地剧烈晃动着。随后，果实累累、枝繁叶茂的树梢，像是被微风拂动那样，将微妙的颤动传到了邻近的树梢。

悦子闭着眼离开了那里，因为一股寒冰似的东西在她背上游走。

玛基在狂吠。

谦辅在厨房前门将席子摊开，同大仓的妻子和浅子一起分选柿子。他毫不含糊地迅速挑了这个可以不用走动的活干。

"悦子，柿子呢？"谦辅招呼道。

悦子没有回答。

"你怎么啦？脸色煞白煞白的！"谦辅又说了一句。

悦子默默地穿过厨房去了屋后，不知不觉走到了米楮树阴下，她将空篮筐扔在树下丛生的杂草上，蹲下身子后双手掩面。

当天晚上吃饭的时候，弥吉停住筷子，眉飞色舞地说道：

"说到三郎和美代，这俩人就像两条狗呀！美代大声嚷着说蚂蚁爬到她背上了。就算我在场，这种时候喊三郎来捉蚂蚁不也是顺理成章的嘛！可是三郎这小子一脸不情愿，板着脸站了起来。这种装模作样的演戏，似乎连那种没有演技的猴子也会。可他的手不管伸进去多深，还是没找到蚂蚁，打一开始有没有蚂蚁就令人怀疑。这一过程中，美代这小妮子痒得笑出声来，笑得前仰后合停不下来。你没听说过吧？说是有个女人因放声大笑而流产了。照谦辅的说法，爱笑的母亲怀的孩子，由于在肚子里得到了充分按摩，产后会一天比一天长得好。怎么可能！"

这种逸事，同自己目睹的树上的一幕一道，带给悦子一种如芒在背的痛苦。不但如此，她的颈部痛得活像套上了一副冰做的枷锁。

就这样，悦子精神的痛苦，犹如河水泛滥淹没农田一般，渐渐侵蚀到她的肉体领域。好像精神已经无法忍受上演的剧情，发出了危险信号。

"这样行吗？船马上要沉了呀！你还不呼救吗？你过度使用了精神之舟，所以自己葬送了人最后追求的精神支柱。事已至此，不得不只靠体力在海里游了啊！那时你面前只有死路一条！这行吗？"

就这样，痛苦能够转换成这样的警告，她的肉体是最后的刑场，或许会失去精神支柱。这种不适，好像一个大玻璃球从心底一下子涌上喉咙，犹如头昏脑涨，头痛欲裂一般……

"我决不呼救！"她想。

悦子盲目地认为自己是幸福的，为给这一认识提供依据，她现在需要残暴的逻辑。

"必须吞噬所有的一切……必须闭着眼胡乱地认同所有的一

切……必须津津有味地品尝完这些痛苦……淘金人无法仅捞金沙，而且也不这样做呀！胡乱地将沙子捞上来，沙子中或许没有金沙，也可能有呢！谁都无法拥有事先选择有无金沙的权限啊。唯一千真万确的是，不去淘金的人，依然停留在贫穷这一不幸之中。"

悦子更进一步想道：

"这样，更为实实在在的幸福，就是将即将汇入大海的河水喝个一干二净。过去我一直这样做，今后可能也要这样，我的胃肯定能承受住吧。"

这种痛苦的无穷无尽会让人坚信，忍受痛苦的肉体也将会永恒存在。这难道是一种愚蠢吗？

在开市的前一天，大仓和三郎将货运往市场之后，弥吉将四处散落的绳子、纸屑、稻草、破篮筐和落叶扫在一起点上了火。接着，他吩咐悦子看着火堆，自己背对火堆继续清扫仍未扫净的垃圾。

这天傍晚雾气腾腾，暮色与雾已很难区分开来。天好像黑得比平时早，即将落山的夕阳，犹如烟熏了似的黯然失色，光线微弱、模糊，在吸墨纸纸面那样的灰色雾霭之上，投射出微不足道且稍纵即逝的余晖。不知为什么，弥吉离开悦子身旁片刻就感到心神不宁，或许是由于在雾中一离开三四米，她的身影就看上去模糊的缘故。火的颜色在雾中着实美丽，悦子就那样站着，不慌不忙地用竹耙子将散落在火堆四周的稻草拢过来。火苗朝向她身旁蔓延，越烧越旺，像是讨好她似的……

弥吉在悦子周围绕着圈随便扫着，将垃圾扫拢到悦子身边后，又划着圆圈远去了。每次靠近悦子，他都会不露声色地偷偷看看她的侧脸。悦子停下了机械地使用竹耙子的那双手，虽然她没有觉得有多冷，但还是将手伸向了破篮筐那高高的、燃烧时不断发出噼里啪啦声响的火焰上方烘烤。

"悦子！"

弥吉扔下扫帚跑了过来，将她的身体从火堆旁拉开。

原来火焰烤到了悦子手掌的皮肤。

——这次烧伤的程度是之前一次中指的轻度烧伤无法与之相提并论的。她暂时已无法使用右手，手掌上细嫩的皮肤整个起了燎泡。这只涂了油后裹了数层绷带的手，终夜疼痛不止，夺去了悦子的睡眠。

弥吉胆战心惊地回想起那一瞬间悦子的身影。她无所畏惧地盯着火苗，无所畏惧地将手伸入火中，她的这种镇定来自何处呢？那种犹如僵化的雕塑一般的镇定，那种近乎盛气凌人的镇定，把这个屈尊于种种情感迷乱的女人一刹那间从所有迷乱之中解放出来，它来自何处呢？

如果就保持那个样子的话，悦子兴许还不至于烧伤。弥吉的喊声，将她从只在灵魂假寐之时才可能出现的平衡之中唤醒，兴许是那个时候才导致她手掌烧伤的。

看着悦子手上的绷带，弥吉有点担惊受怕了，他觉得像是自己造成了这一结果。悦子这个女人，决不能说是粗心大意，她总是过分冷静，甚至到了令人不寒而栗的程度，她的伤绝不能等闲视之。前些日子，她的中指缠了一个小绷带，弥吉问起时，她微笑着说是烧伤的。那不会是她自己烧伤的吧？刚拆掉那个小绷带接着就在手掌上又缠了个宽绷带。

　　在弥吉年轻时所发现并引以为傲地向朋友卖弄的独到见解之中，有一条便是"女人的身体健康是由许多病痛构成的"。正如弥吉的一个朋友那样，他同一个被原因不明的胃病折磨的女人结了婚。妻子一结婚胃病就好了，他总算放下心来，但又为进入婚姻倦怠期后她频繁发作的偏头痛而心烦意乱，便一时冲动开始有了婚外情。妻子觉察到这一情况后，偏头痛反而全好了，可接下来单身时候的胃病再次发作，一年后被诊断为胃癌，就那样去世了。女人的疾病这东西，究竟哪部分是真哪部分是假，真是搞不明白。刚以为疾病是子虚乌有，她却突然生了孩子，或是暴病身亡。

　　"而且，女人的粗心大意这点是有缘由的。"弥吉寻思，"年轻时的朋友中，有个姓幸岛的生性风流的家伙。据说他一开始喜新厌旧，他妻子就会每天失手打破一个碟子。听说他妻子因为这种纯粹的粗心压根儿就不知道丈夫有外遇，每天对自己手指无意识地出洋相而天真地惊诧不已。说到碟子宅第中那个名叫阿菊的丫头也是因为疏忽打碎碟子这一点的话[1]，还挺有意思的。"

　　一天早上，弥吉用竹扫帚打扫庭院时，手指破天荒地扎了根刺。由于他没当回事，手指有点化脓。不经意间脓流了出来，手指

---

[1] 日本鬼怪故事《番町皿屋敷》讲述一个名叫阿菊的女用人，不小心打碎主人家的传家宝——一套十个碟子中的一个而被主人吊打至死扔进井里（一说为投井自尽）。自那以后，井底每晚都会传出阿菊反复数碟子的声音。

痊愈了。弥吉讨厌药物，没有抹药。

白天弥吉近距离看着悦子心烦意乱的样子，晚上也感到身边的她辗转反侧，随着这种感受的加深，他晚上的爱抚便更加欲罢不能。的确，关于悦子因为三郎吃醋这一点，弥吉仇视三郎，也嫉妒悦子一文不值的单相思。虽然如此，他也觉得自己的嫉妒心是一种意外之喜，因为这一嫉妒心带给了他一定程度的刺激。

因此，在他故意夸大其词地说着三郎和美代的闲话，不露声色地折磨悦子的时候，他所感受到的是某种奇妙的深情，也可以说是一种另类的"友爱"。他之所以三缄其口，是因为害怕这一游戏过了头而会失去悦子。这些日子，对弥吉来说，她已成为不可或缺之人，而且是像某种罪过或恶习那样至关重要的存在。

悦子是美丽的疥癣。在弥吉这个年龄，为获得瘙痒之感，疥癣也就成了一种必需品。

于是，为稍稍安慰她一下，弥吉对传播三郎和美代的流言暂时有所收敛。这样一来，悦子反而愈发心神不定了，她怀疑是否发生了不让她知道的事态。难道说可能存在什么比这更严重、更恶劣的事态吗？这一问题，是不知嫉妒为何物之人的疑问。嫉妒的热情不因事实证据而有丝毫动摇。从这一点来说，嫉妒简直是一种近乎理想主义者的热情。

……隔了一周后，家里又烧了洗澡水，弥吉第一个洗。平时的话，他总是同悦子一起入浴，但悦子今天有点感冒，决定不洗了，因此弥吉一个人先洗。

恰在此时，杉本家的女眷全都集中到了厨房。悦子、千惠子、浅子、美代，甚至信子，全都过来洗自己的餐具。悦子因为感冒，脖子上围了一条白色丝巾。

浅子很少见地说起了还没有从西伯利亚回来的丈夫的事情。

"要说信，也就是八月来过一封而已。他那个人本来就懒于动笔，真是没辙。我觉得一周来一封还差不多，虽然语言和文字这些很难淋漓尽致地表达夫妻之情，但不管怎样，首先不愿用语言、文字表达感情的这种懒散劲儿，我觉得就是日本男人的缺点啊！"

千惠子想象着可能正在零下几十摄氏度的野外被逼着挖掘冻土的祐辅听到这句牢骚后的表情，觉得非常可笑。

"可是，他就算一周写一封，也不可能这么快就给你送到的呀！说不定祐辅写了呢！"

"是吗？那么，那些没有寄到的信都去了哪里了呢？"

"可能是配给给苏联寡妇了吧，一准是。"

这个玩笑一出口，千惠子就意识到多少冒犯了悦子。但是，信以为真的浅子那愚蠢的反问，避免了尴尬的局面。

"是吗？可是用日语写的信，她们应该是看不懂的呀！"

千惠子没有理会，帮悦子洗着餐具。

"会弄湿绷带的呀。我帮你洗。"

"谢谢。"

实际上，不让悦子做洗碗碟这种机械的事情才令她难受。成为一台机器，几乎是她最近肉体的欲望，她期待着手上的伤一好，就用自己和他人叹为观止的速度，将弥吉和自己那已经拆洗并熨平的秋夹衣做好。她做起活来飞针走线，速度异于常人。

厨房里吊着一个二十瓦的裸灯泡，光线黯淡，顺着被烟熏黑的天花板横梁垂了下来。女眷们不得不面对着被挡了光线的洗碗池洗餐具。悦子倚靠在窗框上，目不转睛地盯着正在洗饭锅的美代的背影。她那劣质且褪了色的平纹薄毛呢腰带下，腰部的肉微微隆起，这不就是要马上下蛋的样子吗？这个健壮的丫头，根本没有妊娠反应。美代一整个夏天都穿着那件宽松的短袖连衣裙，可她连剃腋毛都不知道。大汗淋漓的时候，她竟当着别人的面就将毛巾伸进腋下擦拭……这种像果实那样成熟的丰满的腰身，这种悦子过去也曾拥有的弹性十足的曲线，这种像装满水的花瓶那样沉甸甸的充实感……这一切都是三郎一手造成的，是这年轻的园丁精心播种、悉心栽培的东西。这个女人的乳房同三郎的胸脯因为汗水而贴在一起，水乳交融，就像被晨露打湿的虎皮百合那花瓣与花瓣湿漉漉地紧贴在一起而无法分离一般……

忽然，悦子听到弥吉在浴室高声说话。浴室紧挨着厨房，三郎在屋外负责烧洗澡水。原来弥吉是在和三郎说话。

洗澡水的水声非常欢快地响着，这声音反而也让听到的人联想到弥吉那骨瘦如柴的衰老肉体，因为热水一积在他锁骨的凹陷处便流不下来了。

弥吉干涩的声音回响在天花板上，他对三郎这样说道：

"三郎，三郎！"

"我在呐，老爷。"

"要节约木柴啊！打今儿个起，美代也和你一起洗，早点出来。分开洗太费时间，少说也得再添加一两根木柴呢！"

——弥吉洗完，接下来是谦辅夫妇，然后是浅子和两个孩子。

悦子突然说她也要洗，令弥吉大为吃惊。

悦子将身子泡在浴槽里，用脚趾尖探到了塞子。后面只剩下三郎和美代洗了，她全身浸在热水里，只露出脸部，将那只手上没有缠绷带的胳膊伸进水中，拔掉了浴槽塞子。

她的这一举动没有深刻的理由，也没有目的。

"我不能允许三郎和美代共浴。"

正是这一微不足道的判断，造成悦子不顾自己感冒未愈而入浴，拔掉了浴槽塞子。

进浴室才是弥吉唯一的爱好，扁柏木方形浴槽和扁柏木泄水板占了四铺席大小。浴槽宽而浅，塞子拔掉之后，热水被吸进了下水道，发出小海螺似的声响。一听到这声音，悦子脸上浮现出自己都始料未及的孩子般心满意足的微笑，俯身看着那黑乎乎、脏兮兮的洗澡水底部。

"我到底在做什么呀！这样的恶作剧哪里会有什么意思！但是，哪怕是儿童的恶作剧之中，也存在着相应的正当而严肃的理由。若想将对自己漠不关心的大人的注意力吸引到自己身上来，唯一的手段就是恶作剧。孩子们觉得自己被抛弃了，儿童和单相思的女人都生活在同样被抛弃的世界之中啊！这里的居民之所以违心地变得冷酷无情就是这个原因啊！"

洗澡水表面漂浮着细小的木屑、脱落的头发和云母般闪闪发光的肥皂油，缓缓地打着漩涡流动着。悦子裸露着肩膀，将胳膊横放在浴槽边上，脸颊贴在了胳膊上面。不一会儿，肩部和胳膊上的水就控干了，皮肤被温度恰到好处的热水泡过后，在昏暗的灯泡下发出了光滑而慵懒的光泽。悦子的脸庞从其所感应到的手臂肩部至肘部那光润的弹力之中，感受到了天大的浪费、屈辱和徒劳。"真浪费，真浪费啊！"她自言自语道。这炽热的肌肤之中所蕴含的青春的朝气，这过剩的活力，令她怒火中烧，简直就像看到了失明的愚蠢动物一般。

悦子将头发高高盘起，用梳子固定好发型。天花板上的水珠偶尔滴在她的头发和脖颈上，但她将脸趴在胳膊上，根本不去理会这冰凉的水滴。偶尔有水滴落在她伸出浴槽外的那只缠着绷带的手上，就轻而易举渗了进去。

洗澡水缓缓地，极其缓慢地流向排水口，接触悦子肌肤的空气和热水的边界，就像舔着悦子皮肤似的，像挠她痒痒似的从她的肩膀到乳房，再从乳房到腹部一点点向下移动。在这番细微的爱抚过后，一股冷飕飕的凉意，紧紧地裹住了她的身体。现在，她的后背就像一块冰。洗澡水流速稍稍加快，打着旋涡从她腰际上下的地方不断往下退……

"这就是所谓的死亡，就是死啊！"

——悦子情不自禁地想要呼救，便愕然失色地从浴槽里站起身来，她这才发现自己赤裸裸地跪在水已放完的浴槽之中。

悦子回到弥吉房间之时，在走廊上碰到了美代，她高声奚落似的说道：

"哎哟，我忘了，你们还等着洗哪！我把洗澡水放了，对不起啦！"

美代没有明白悦子连珠炮似的脱口而出的这句话的意思，她呆若木鸡，没有回答悦子，两眼盯着她那两片简直没有血色的颤抖的嘴唇。

　　从那天晚上开始，悦子就发烧了，在床上躺了两三天。到了第三天，体温接近正常温度。所说的第三天，也就是十月二十四日这一天。

　　根据一般经验可知，生病后会疲倦不堪。因此，悦子午觉贪睡，一觉醒来之时，发现已是深更半夜，身旁的弥吉正打着鼾声。

　　敲了十一下的挂钟那不安而令人心情舒畅的钟声、玛基冲着远处狂叫的犬吠、这种无限反复的被抛弃的夜晚……悦子突然感受到一种非同寻常的恐怖，便叫醒了弥吉。弥吉从被褥中抬起了穿着大方格花纹睡衣的肩膀，笨拙地握住了悦子伸过来的手，孩子气地叹了一口气。

　　"请别松开！"

　　悦子这样说道，眼睛盯着天花板上影影绰绰的古怪的木纹，没有看弥吉的脸。

　　"哦。"

　　痰在喉咙处黏在了一起，弥吉清了清嗓子。沉默了片刻，他用一只手拿起枕边的纸，吐掉了嘴里的痰。

　　"今晚美代是在三郎房间歇息对吧？"过了一会儿，悦子问道。

　　"……不是。"

　　"即便你瞒着我，我也知道的。他们在干什么，我不看也很清楚。"

　　"明儿个早上三郎就要去天理，后天就是天理大祭，因为这种情况……出门前一天晚上住在一起也是迫不得已啊。"

"是啊，是迫不得已啊！"

悦子松开了手。她蒙上薄棉睡衣，抽抽搭搭地哭了。

弥吉为自己被置于混沌的立场上而不知所措。为什么无法动怒呢？丧失这种愤怒是怎么回事呢？这个女人的不幸令弥吉抱有一种如同共犯那样的亲密感，这又是怎么回事呢？……他装出一副昏昏欲睡的样子，用嘶哑而温和的声音对悦子说道。在试图用这种虚无缥缈之谈来欺骗女人之前，弥吉已经违背了自己那无法指望解决任何问题且宛如海参般模棱两可的判断。

"不管怎么说，你住在这寂寞的乡下，内心焦虑不安，随后就会变得胡思乱想。我早就跟你说好了，近日的良辅周年忌辰，我们一起去东京扫墓。我已委托神阪君卖掉我近畿铁路公司的股份，他这次卖掉了一些。如果想奢侈一把，也可以坐二等车去。不过，还是节省路费，到东京玩玩比较好。也可以去看看好久没看过的戏。去东京的话，各种各样的乐事可真不少……但是，我所考虑的前景不止这些。我甚至觉得从米殿返回东京也未尝不可，甚至考虑要不要重操旧业呢！老朋友中有两三人在东京东山再起了。除了宫原那样不明事理的人，大家都值得信赖。因此，我一去东京，就去找两三个这样的老朋友打听一下……下这样的决心可真不容易！但是，我之所以这么打算，也都是为了你，希望为你好才这么考虑，你能幸福就是我的幸福。我本来觉得在这农场生活就心满意足了，但是，自打你来后，我的心情有点像年轻人那样渐渐沉不住气了啊。"

"什么时候出发？"

"乘三十日的特快怎么样？就是那个叫'和平号'的玩意儿。

我同大阪站站长是老交情，这两三天内我就去大阪托他买票。"

悦子期望从弥吉嘴里听到的并不是这样的事，她脑子里想的是另一件事。这种想法的格格不入，让几乎要跪在弥吉面前来求他助自己一臂之力的悦子心灰意冷。她后悔自己刚才将温热的手掌伸向弥吉，这只手在绷带解开之后也是火辣辣地痛，就像仍然冒着烟的炭火似的。

"在去东京之前，我想让您帮我做件事，想在三郎去天理不在家的时候把美代辞掉！"

"你这话实在是没有道理。"

弥吉没有吃惊。一个病人即便说想在严冬时节看旋花，谁又会惊讶呢？

"辞掉美代干吗？"

"我就是因为美代才得了这场病，吃尽了苦头，这真是太不值得了。哪有将那种害主人生病的女佣留下的家庭！这样下去的话，我也许会被她折腾死。若不辞掉美代，就如同爸爸间接杀了我啊！要么是美代，要么是我，得有一个人从这儿消失。如果您觉得我离开更好的话，我明天就到大阪找工作。"

"你说得太严重了。可是，美代明明没有过错，却硬赶她走的话，别人会怎么说呢？"

"所以嘛，我离开好啦，我不想在这儿待了。"

"所以我说了要去东京的。"

"是同爸爸一起去，对吧？"

这句话好像没有任何感情色彩，却具有一种力量让正在倾听的弥吉在心里不安地琢磨悦子接下来要说的话。为了不让悦子说出口，这个身穿大方格花纹睡衣的老人离开了自己的被窝，一点一点朝悦子那边蹭了过去。

悦子将紧身棉睡衣披在身上，不让弥吉接近。她双目圆睁，目光坚定，直直地盯着弥吉的眼睛。她那双眸子静如止水，没有厌恶，没有怨恨，也没有爱的倾诉，令弥吉畏葸不前。

"不去，不去！"悦子用低沉而冷冰冰的声音说道，"在你让美代走人之前，我都不会去！"

悦子是在什么地方掌握了这种拒绝方式的呢？在这场病之前，通常她一察觉到弥吉朝她蹭过来时那像坏了的机器一般笨拙的动作，就迅即闭上眼睛，一切都在闭上双眼的悦子周围、在她肉体的周边进行。对悦子来说，连发生在自己肉体上的事情也只是外部发生的事情。悦子的外部从何处开始的呢？懂得这种微妙操作的女人的内部，被幽禁，被窒息，以致蕴含了一种宛如爆炸物那样的潜在力量。

弥吉这副狼狈相之所以在悦子眼里显得格外滑稽，就是因为这个原因。

"我对任性的姑娘也很伤脑筋啊。真拿你没办法，就按你的意思做好啦。在三郎不在家的时候，你想让她走人就赶她走好了。但是……"

"三郎的事？"

"会不会连三郎也乖乖离开呢？"

"三郎会走的呀！"悦子明确地说，"他肯定会追随美代走的呀！因为他们俩爱着彼此……我考虑解雇美代，就是想让三郎能主动离开。对我来说，最好的情况还是三郎从这儿离开，但话由我说真是太痛苦了。"

"我们终于达成了共识。"弥吉说。

此时，经过冈町站的末班特快列车的汽笛声在夜幕中回响。

按照谦辅的说法，悦子的烧伤和感冒，类似于逃避兵役之类的伎俩，他笑称自己是逃避兵役的老前辈，所言不容置否。如此这般悦子便得以免除劳动，再加上不能让有四个月身孕的美代干重活，杉本家那仅有的二反①地里的活，从割稻、挖白薯、除草到摘果子等重担，今年自然而然就落在了谦辅肩上。他还是喋喋不休地小声发着牢骚，无精打采地干着活。这块包袱布大小、土地改革前未被国家登记在册的土地，如今也被要求上交公粮了。

三郎推迟了常规的天理之行，不辞劳苦地工作着。摘果子工作大致已经结束。在摘果子期间，他还尽心尽力地刨白薯、秋耕和除草。在秋高气爽的天空下劳作，将他磨炼成了一个皮肤晒得黝黑，看上去比实际年龄还要成熟的身强力壮的青年。他理着平头，脑袋像小公牛那样有一种厚重感。他收到连长相都不太熟悉的农村姑娘写给自己的一封刻骨铭心的情书，就笑着将情书读给美代听。再收到另一姑娘的情书时，就没有告诉美代。他这样做，并不是隐瞒，不是去约会了，也不是寄了回信，而是沉默寡言的性格使然。

但是，这对三郎来说，不管怎样都是新鲜的经历。三郎发现自

---

① 日本土地面积单位，1反约合991.7平方米。

己居然也有人爱，这一点若被悦子知晓的话，对她来说也理应会成为一个重要的机会。三郎开始模模糊糊地思考起自己对外部施加的影响。迄今为止，外部对他来说，并非一面镜子，而只是一个可以自由穿梭的空间而已。

这种新鲜的经历，与他那秋阳晒黑的额头和脸庞一道，开始给他的态度带来一种前所未有的微妙且朝气蓬勃的霸气。美代出于对爱的敏感也察觉到了这种变化，但她却将这一变化解释为三郎作为丈夫向自己表现出的男子汉气概。

十月二十五日早上，三郎穿着弥吉送的旧西服上衣和卡其色裤子，脚上穿着运动鞋和悦子送的袜子，以一副盛装打扮出发了，肩上挎的旅行包是学生上学用的粗帆布包。

"请和令堂商量商量结婚的事。为了让她见见美代，你可以带她来这儿啊！我们可以让她住上两三天。"悦子说。

这是理所当然的事，为什么还要如此这般叮嘱他呢？悦子自己也不知道。难道是为了将自己逼到进退维谷的窘境而需要这样交代吗？抑或是考虑到和三郎一起来这里的三郎母亲看到重要人物儿媳不在这里时会怅然若失这一可怕的事态而打消自己念头的尝试吗？

悦子在走廊上拦住了要前去弥吉房间告别的三郎，快言快语地说了这么几句。

"好的，谢谢您。"

在三郎出发时那精神抖擞，有点沉不住气的明亮目光之中，表现出一种诚惶诚恐的感谢。他一反常态，直视着悦子的脸。悦子盼望着和他握手，盼望着他有力的拳头拥抱她的手。她不由得想把烧伤已开始愈合的右手伸过去，但又顾虑接触伤疤会给他的手掌留下不舒服的记忆而忍住了。一瞬间三郎不知所措，随即便再次微笑着向她快活地眨眨眼，转身急匆匆地走向弥吉的房间。

"那背包看上去很轻啊，简直就像去上学嘛！"悦子在他身后说道。

美代一个人把三郎送到了桥那边的入口处，这是她的权利。悦子眼巴巴地观望着这个权利。

三郎在石板路和下坡的台阶交汇之处，再次回头向来到院子里的弥吉和悦子挥了挥手。在他的背影掩映在开始变红的枫林中之后，他微笑时露出的皓齿，也依然鲜明地留在悦子的脑海之中。

美代打扫房间的时刻到了。仅仅过了五分钟左右，她便懒洋洋地踩着石阶上那阳光透过树叶间隙洒下的斑驳的影子上来了。

"三郎走了吧。"悦子平淡地问道。

"是，走了。"

美代平淡地回答道，脸上一副根本无法知道是喜悦还是悲伤的麻木的表情。

目送三郎之时，一股带着温柔的犹豫和反省之情涌上了悦子心头，深深的内疚、罪恶感充满了全身，她甚至考虑要不要取消解雇美代的计划。

但是，悦子一看见回来的美代一副已沉下心来同三郎过日子的那种完全心安理得的神情，就气不打一处来。于是，她又轻而易举地重新回到了最初的决断上来，认为不应该取消自己的计划。

第五章

"三郎回来啦！我刚才从二楼看到他从府营住宅区那边沿着田间近路走过来了。真奇怪啊！就他一个人，没看到他妈妈呀！"

千惠子火急火燎地来到正在做饭的悦子这里，向她紧急报告这一情况。这是天理大祭次日即二十七日傍晚的事情。

悦子把铁架子支在炭炉上，在上面烤着秋天肥美的青花鱼。听千惠子这么一说，她缓缓将烤着鱼的铁架子放在旁边的木板上，把铁壶坐了上去。这文静的动作之中存在着一种庄重感，似乎在用圆规和曲尺测量着自己的情感。接下来，她一站起身，便催千惠子和自己一起上二楼。

两个女人慌里慌张上了楼梯。

"三郎这家伙可真让人不安生啊！"

正躺着阅读阿纳托尔·法朗士小说的谦辅说道。不一会儿，他为悦子和千惠子的热情所吸引，走到窗边同两个女人脸凑在一起朝外看。

府营住宅区西边的森林尽头，夕阳已落下了一半，天空是一片如炉火般红通通的晚霞。

一个人影步履稳健地从庄稼已基本收割完毕的田间走了过来，确实是三郎。这有什么好奇怪的呢？他是按照计划好的日期，按时按点回来的。

他的影子长长地投射在斜前方，肩上的挎包晃来晃去，所以他就像中学生那样单手按着它。他没有戴帽子，迈着无忧无虑、悠然自得但并不拖沓的坚实的脚步走来了。径直朝前走的话，他就会来到街道上了。他向右拐进了田埂，这下子他开始时不时地留心着脚下，从晒着稻子的成排的架子旁走过。

悦子听到自己的心脏在剧烈地跳动，分不清楚这种跳动是因为喜悦还是因为害怕，无法辨别自己所等待的是福还是祸。不管怎样，她等的东西终于来了，该来的终究还是来了。内心剧烈的震荡令她无法轻易说出该说的话，她勉勉强强对千惠子这样说道：

"这可如何是好？我，不知道怎么办好啊！"

若在一个月前从悦子口中听到这番心乱神迷的话，谦辅和千惠子会有点吃惊吧。悦子变了，这个强大的女人失去了臂力。她此时所期望的，就是归来的三郎对此事一无所知而朝自己投以最后的温柔一笑，以及接下来他知晓此事而生平第一次劈头盖脸地对她一顿臭骂。这几天夜里，那两种幻想不知多少次轮流折磨着悦子啊！随后而来的，便是她所认定的木已成舟的事情，三郎恐怕会怒斥悦子，并追随美代离开这个家吧。明日此时，悦子恐怕再也见不到三郎了吧。不！毋宁说在二楼的栏杆处远远望着他的此时，或许就是最后一次可以这样随心所欲地看着他……

"真是奇了怪了，你要打起精神来啊！"千惠子说，"要是你拿出解雇美代时的那种勇气，就没有办不成的事儿！我们对你真的是刮目相看，真的很佩服你呢！"

千惠子亲昵地将手搭在悦子肩上，就像对待亲妹妹一般。

对悦子而言，解雇美代这一举动，是对自己痛苦的首次修正，是让步甚至是屈服。然而，在谦辅夫妇眼里，这一举动表明悦子开始主动进攻了。

"让一个怀孕四个月的女人背着行李从家里离开，可真有魄力啊！"

千惠子打心眼里这么认为。美代的哭声，悦子毫不留情的态度以及一直将美代送到车站，强逼着她坐上电车的那种冷静，这些昨天目睹的戏剧性情景令夫妇俩兴奋不已，他们从未想过能在米殿看到如此精彩的场面。美代背着用粗棉线织成的宽布带打包的行李走下石阶，悦子像个警察似的紧随其后。

弥吉没有从房间里出来，对前来辞行的美代也是看都没看一眼，只说了句"长期以来辛苦你了"。浅子非常惊讶，不知发生了何事而手足无措。谦辅夫妇为自己没听一句解释就能对此事心知肚明而洋洋自得，因为觉得自己能够理解卑鄙和罪恶，便自负地认为自己也可以是卑鄙的。这是一种与新闻记者自以为是社会先导相似的冲动。

"你好不容易做到了这一步，剩下的事我们会帮你的。你不用客气，只管吩咐好啦，我们会尽力而为。"

"我要为悦子实实在在做些事。事到如今，也不用顾忌公公啦！"

夫妇俩在窗边把悦子围在中间争相说道。悦子站起身来，用双手拢了拢鬓发，走到了千惠子的梳妆台前。

"让我用一下你的古龙香水好吗？"

"尽管用吧。"

悦子拿起一个绿色小瓶，在掌心滴上几滴，小心翼翼地在两侧的鬓角上搓了搓。化妆镜上挂着褪了色的友禅染镜帘，她没有要将帘子掀开的意思，因为她害怕看到自己的那张脸。此刻，那张不久就要出现在三郎面前的脸变得不安起来，她斜着掀起镜帘一角，觉得口红好像太浓，就用镶着花边的小手绢擦了擦。

与情感的记忆比起来，行动的记忆更是了无踪迹。她怎么都无法相信昨天听着被强行解雇的美代的怨言而眉头都没皱一下的悦子，那个让怀孕的女人背着沉重的行李，如推搡一般将她送走的悦子，竟然和现在的自己是同一人。她没有后悔，也没有产生使心情紧张的"不会后悔"这一情感顽强的抵触。而且，她能发现的只有无可奈何地处在过去一连串的懊恼之上，处在丝毫无法撼动的堕落情感的积淀之上的自己的身影。其实，让人再次失去了魄力的，不就是所谓的罪恶吗？

谦辅夫妇不会放过这个助悦子一臂之力的机会。

"你现在若是被三郎痛恨的话，一片苦心可就白费了啊。如果公公能为你开脱，将解雇美代一事揽在自己身上的话，那就再好不过了。但他没有那么大的器量啊。"

"公公说了，他什么也不对三郎讲，但也拒绝承担任何责任。"

"公公这么说也是理所当然的呀。总之，就交给我吧，我不会办砸的。我决定告诉三郎，说美代收到家里老人得了急病的电报回家了，这样做就行了。"

悦子回过神来，她从眼前的两人中没有发现为自己出主意的人，而是看到一对不诚实的导游夫妇正要将她引向某个模糊的迷雾区。悦子不该再次进入这样的迷雾之中，这样一来，昨天的那种当机立断也就枉费心机了吧。

就算悦子解雇美代的行为仅仅是对三郎迫不得已的爱之表白，但终归还是为了她自己，为自己要活下去而不得不采取的行动，这才是她的性格。悦子喜欢这样来思考问题。

"三郎必须要清楚地知道是我解雇的美代，还是由我来跟他说，你们不帮我也没关系的，我要一个人处理这件事。"

悦子冷静的结论，只能被谦辅夫妇认为是因破罐子破摔的心慌意乱而说出的粗暴的谬论。

"请再冷静地想一想，若这样做，一切都白费了。"

"正如千惠子所说的那样，这可不是什么明智的办法。这就交给我们办吧，绝对不会办砸的。"

悦子嘴角浮现出莫名的微笑，轻轻撇了撇嘴。除非得罪这夫妻俩，否则就无法避免这二人对自己要做的事帮倒忙。她这样想着，将手伸进身后的腰带重新系了系，如同一只精疲力尽的大鸟无精打采地要整理羽毛似的站了起来。临下楼梯时，她说道：

"你们真的不用帮我。这样一来，我反而会轻松些。"

她这一做法令谦辅夫妇目瞪口呆，怒火中烧，如同好心赶到火灾现场帮忙的男子被维持秩序的警察拦住一般怒不可遏。在火灾这一事态中，只有灭火的水才是至关重要的。但他们夫妇却端着一脸盆微热的洗脸水跑过来了。

"竟如此辜负别人的好意，这种人真是令人羡慕啊！"千惠子说。

"此外，三郎的母亲没来，这是为什么呢？"

谦辅这么说着，察觉到了自己的疏忽。正因为三郎回来了这一事实，悦子才乱了方寸，而他被悦子吸引了注意力，谈话中根本没有提及这一发现。

"别管这种事了！今后也绝不再帮她这种人的忙了。这样我们还巴不得省心呢。"

"我们今后可以安心地远远观望了。"

谦辅吐露了心声。与此同时，他为自已那面对悲惨之事的高尚情操无法在人道主义上得到满足——因为满足它的条件已经不存在了——而伤感不已。

悦子下到楼下，在炭炉旁坐下，从炉火上取下铁壶，重新把铁架子支在上面。檐廊上有一块弥吉做的朝外伸出去的板子，上面放着供弥吉和悦子烧菜用的炭炉。由于美代已走，自今日起，每天蒸饭的事便由各家轮流来做。今天轮到了浅子。浅子去了厨房，信子便替她唱着童谣哄着夏雄，那种像疯子一样的大笑，回荡在已被暮色笼罩的每一个房间。

"什么事啊？"

弥吉从房间里走了出来，他蹲在炭炉旁边，拿起长筷一条挨一条地翻了翻青花鱼。

"三郎回来啦。"

"已经到家了吗？"

"不，还没呢。"

离檐廊四五尺远的地方是茶树篱笆。夕阳的余晖将那犹如附着在篱笆叶尖上的光线凝聚在一起，那些含苞待放的坚实的花蕾，点缀在众多同样形状的微小的影子之中。唯有那高高伸出来的一两根小枝，底端沐浴着阳光，在粗略修剪过的篱笆上越发悠然自得地大放异彩。

三郎吹着口哨，从石阶上上来了。

上次正与弥吉对弈的时候，三郎前来道晚安，悦子竟无法回头朝他那个方向看上一眼。想到当时的那种苦闷，她垂下了双眼。

"我回来了。"

三郎从篱笆上探出了上半身，招呼了一声。他敞着怀，露出了浅黑色的喉结。悦子的目光与他那天真烂漫、朝气蓬勃的笑容撞在了一起，一想到今后可能再也无法看到这无拘无束的笑脸，这一注视之中就带着一种甜美而可怜的努力。

"哦！"

弥吉朝他点点头，漫不经心地应了一声。可他不看三郎，专注地望着悦子。

火舌碰巧舔到了青花鱼渗出的鱼油而烧了起来，因为悦子置之不理，弥吉就急急忙忙把火吹灭了。

"怎么回事？全家人都注意到悦子对这小子有意思而束手无策，可唯独这毛小子自己毫无觉察。"

弥吉闷闷不乐地将鱼油再度燃起的火焰吹灭了。

说到悦子，她意识到刚刚在谦辅夫妇面前炫耀的、要亲口向三郎坦白这一近乎狂乱的勇气，实际上不过是痴心妄想而已。既然已经看到了他那天真烂漫的笑脸，她怎么还能持有这种令人厌恶的勇气呢？但是，事已至此，再也找不到能助她一臂之力的人了。

……尽管如此，或许在她炫耀的这一勇气之中，从一开始就包含着遭受挫折的可能，混杂着一种狡猾的欲望，这一欲望企盼着将那种尚无人告诉三郎不祥之事的平静时光，那种悦子同三郎在同一屋檐下至少能够彼此没有怨恨地相处的时光，一分一秒也尽可能延长。难道不是这样吗？

过了一会儿，弥吉说道：

"真奇怪啊，那小子没有把他母亲带来呀！"

"真的啊。"

悦子好像自己刚刚得知这一消息似的惊讶地附和了一句。她被一种非同寻常的喜悦的不安所驱使，继而问道：

"要不要问一问呢？问问他母亲随后还会不会来。"

"还是得了，这样一来，势必又不得不扯到美代的事。"

弥吉阻止了她，那语气慢条斯理中带着奚落，就像是老年人松弛的皮肤。

接下来的这两天，悦子周围出奇地风平浪静，让人想到在万念俱灰的病人身上出现的那种难以解释的回光返照。这种戏弄人似的病情的好转会令护理之人愁眉舒展，再次将目光转向那一度心灰意冷的希望。

出什么事了？现在发生的这种事就是幸福吗？

悦子带玛基去外面散步时走了很长时间，而且，为了送别要去梅田站委托朋友买特快车票的弥吉，牵着狗的链子一直走到了冈町站。这是二十九日下午的事。

就在两三天前，她板着脸恶狠狠地送走了美代。如今，弥吉倚靠着同一个停车场那重新刷了白漆的栏杆，站着同悦子攀谈了一会儿。今天弥吉很少见地刮了胡子，身穿西装，而且挂着一根蛇纹木做的手杖。几趟开往梅田的电车到站了，他都没有上车。

悦子那副不同于往日的幸福模样令弥吉惴惴不安。玛基闲不住地四处嗅来嗅去，所以她不断踮起穿着木屐的脚尖，时不时跟跟跄跄，训斥玛基。除此之外，便是脸上带着习惯性的从容的微笑，用那双看上去有点湿润的眼睛，凝视着不断在车站前的书店和肉店前面停下脚步而什么都不买就又开始走动的过往行人。书店里为儿童杂志做广告用的红色、黄色的旗子随风飘动。这个下午风有点冷飕飕的，天空动不动就阴云密布。

"悦子看上去很幸福，是不是同三郎谈妥什么事情了呢？她今天不和我一起去大阪，估计也是这个原因吧。要是这样的话，她没有反对和我明天开始的漫长旅行这一点，又该作何解释呢？"

弥吉推断错了，悦子那看上去幸福的模样，实际上不过是一种平静而已，是她经过冥思苦想，在百般不得其解后所遇到的混沌面前束手无策的反应。

昨日一整天，三郎一直一副若无其事的表情，有时割草，有时下地，看起来并没有什么情绪变化。悦子从他面前经过时，他便摘下草帽和她打招呼。今天早上也是如此。

这个年轻人生性寡言少语，平时主家只要不命令或询问他，他一向不主动开口。即便终日沉默不语，也不觉得苦恼。美代在的话，他也有尽情打趣她的那种活泼劲儿。那张充满青春活力的容颜，即便一声不吭，也绝不会给人一种阴郁、死心眼的印象。在那整个身躯犹如冲着太阳和大自然倾诉、歌唱般地劳动着的全身运动之中，洋溢着一种东西，可以将之称为真正的生命。

悦子猜测,这个单纯而盲目轻信他人的人,事到如今仍漫不经心地确信美代还在这户人家,认为她只是有事要在外住一晚,可能今天就会回来。他很有可能会这么想,即便对此有些许不安,他也不会向弥吉和悦子询问美代的行踪。

这样一想,悦子开始相信三郎的平静自始至终悬于自己一身,因为她还没有说出实情。多亏这一点,尚不知情的三郎不会责骂她,也不会在美代离开之后也离开这里,这是理所当然的。事到如今,坦诚相告的勇气在悦子内心逐渐偃旗息鼓,毋宁说她开始察觉到心里打退堂鼓像是一件值得期待的事情,不仅仅是为自己,也是为了三郎那瞬间幻想中的幸福。

但是,他为什么不带母亲来呢?即便是从天理大祭回来,只要别人不问,他决不会主动开口详细说起大祭的情形和旅途的所见所闻。在这一点上,悦子再次犹豫不决。

……那种渺小而又难以启齿的希望,那种若脱口而出也仅是令人耻笑的空想的小小希望,从那些不安的底部出现在悦子身上。对自己过错的愧疚和这一希望,使她对正面面对三郎顾虑重重……

"三郎这小子为什么一副满不在乎的样子,一点也没心慌意乱呢?"弥吉不断寻思着,"悦子和我原以为解雇美代的话,三郎也肯定会立刻走人,可这一猜测或许要落空了。这没什么,我与悦子一起去旅行的话,事情也就告一段落了。即便是我,如果去东京,也有可能因为什么偶然的因素而遇到新的幸运呢?"

悦子将玛基的锁链系在栅栏上,回头朝铁轨望去。铁轨在阴霾的天空下闪着刺眼的光,钢铁那布满无数细微刮痕的耀眼的断面,带着一种不可思议的亲切感,静静地延伸至悦子眼前。铁轨旁那被晒得褪了色的石子上面，也落上了银色的钢粉。不久，铁轨传达出一种微微发颤的预感，开始发出了响动。

"不会下雨吧？"

悦子突然说道，她想起了上个月去大阪时的情景。

"这种天气不要紧的。"弥吉仔细地抬头望了望天空答道。

四周一片轰鸣，上行电车进站了。

"您不上车吗？"

悦子终于开口这样问道。

"你为什么不一起去呢？"电车的轰鸣使弥吉不得不提高了嗓门，也减轻了盘问的语气。

"可是，我没穿出门的衣服，况且还带着玛基呢！"

悦子的辩解难以成立。

"将玛基寄放在那家书店就行。那店主喜欢狗，我是他家的老主顾了。"

悦子心里仍在盘算着，同时解开了狗的链子。在此期间，她开始觉得明天外出旅行之前，牺牲掉今天在米殿的最后半天时间也非常符合自己的心意。她突然以一种近似痛苦的形式想象着自己这样回去后和三郎待在一起的情形。悦子坚信前天三郎从天理回来后便会立刻从自己眼前消失，而现在一看到他的身影依旧在自己眼前晃动，她就怀疑起自己的眼睛，甚至看着他都忐忑不安。一看到三郎在田间若无其事地挥动锄头的身影，她就惊恐万分。

昨天下午，她一个人出来走了很远，这不正是因为想逃避这一恐惧吗？悦子刚一解开拴狗的链条，就对弥吉说道：

"那我就去吧。"

在那条杳无人影的公路尽头，悦子曾想象过自己与三郎并肩走在大阪市中心的情景。如今，悦子却与弥吉并肩走在大阪市中心。是什么样的阴差阳错，屡屡带给人生这种不可思议的搭配呢？两人来到熙熙攘攘的外面后，才想起阪急百货大楼的地下通道直通大阪站内。

　　弥吉将手杖横斜过来，牵着悦子的手横过十字路口，悦子的手脱开了。

　　"快，快点！"

　　他站在对面的人行道上大声呼喊着。

　　两人绕着停车场走了半圈，被接连不断从身旁经过的汽车的喇叭声威胁着挤进了大阪站摩肩接踵的人浪中。票贩子一看到拎着皮包的人就上前兜售夜行列车车票，悦子觉得那个青年黝黑而柔和的脖颈有点像三郎，就回头看了一眼。

　　正门大厅里，扩音器正播报着列车的出发和到站时刻，十分喧器。弥吉和悦子横穿大厅，来到了与大厅大相径庭的冷清的走廊上。一到这里，他们便看到了头上的站长室标示。

　　……弥吉和站长聊得非常投机，把悦子留在了候车室。悦子坐在套着白麻布布罩的长椅子上休息期间，不知不觉迷迷糊糊睡着了。震耳欲聋的电话铃声吵醒了她，她望着站务人员在宽敞的办公室里兢兢业业工作的日常情景，觉得自己疲惫不堪。不仅如此，仅仅看到这种快节奏的生活，精神的疲惫就会令她痛苦。她头靠在椅背上看到的情景，是一部台式电话不断交替发出的铃声和尖锐的通话声。

　　"电话，感觉距上次看到那东西已过很长时间了。人的情感不断交汇其中，但电话本身却只是一个只能发出单调铃声的奇怪的机器。各种各样的憎恨、爱恋、欲望从其自身内部穿过，它难道就没有丝毫痛苦吗？抑或那铃声，也就是它痛苦得无法忍受才接连不断发出的那种抽搐性的叫喊吗？"

"等急了吧？我拿到车票了，听说明天的特快票特别难买，他可真够朋友。"

弥吉说着，将两张绿色车票放在悦子伸过来的手上，"二等票呢！为了你才咬咬牙买的。"

实际上，近三天内的三等票已经售完。与之相反，二等票的话，即便在售票处也可以买到。但是，弥吉一进站长室，在面子上也不好意思说不要二等票。

二人接下来在百货大楼买了新的牙刷、牙粉、悦子用的雪花膏以及供今晚杉本家开所谓"欢送会"用的廉价威士忌之后，就踏上了归途。

悦子早上的时候就已经将明天外出旅行带的行李清点完毕，所以，在把大阪买的少许东西放进包里之后，对她来说，剩下的事情便是为晚上的送别会准备一顿比平时稍微丰盛一些的饭菜。从那次以来不怎么和悦子搭话的千惠子以及浅子也参加进来帮着做饭。

习惯这东西总的说来是一种被迷信地守护着的东西，所以，在弥吉提议唯有今晚可以一家人聚在平时不用的那个十铺席的客厅共进晚餐之时，大家很难以一种明朗的心情接受这一提议。

"悦子，老爷子说的那话可真是奇怪啊！你有可能会在东京为他送终呢！难为你了。"

来厨房用手胡乱抓着食物吃的谦辅说道。

悦子去了十铺席的客厅，查看是否已打扫完毕。客厅尚未亮灯，显得空荡荡的，在夕阳残照下显得荒凉无比，就像一个空空如也的大马厩。三郎一个人面朝庭院，用扫帚打扫着房间。

或许是因为房间昏暗的光线、他手中的扫帚以及扫帚静静地摩擦着榻榻米而发出的清寂之声的缘故，这个年轻人那无法言喻的孤独的身影给人留下深刻的印象。即便如此，站在门槛边凝望着他的悦子，觉得仿佛第一次看到了他的内心。

她的心被罪恶意识啃噬着，燃起了与之同等强度的爱慕之情。通过痛苦，悦子才第一次真切地感到为情所困。她之所以从昨日开始就害怕见到他，或许是内心的爱恋在作怪吧。

但是，他的孤独牢不可破而又纯洁无瑕，悦子甚至很难有机可乘。恋爱的憧憬践踏了理性和记忆，也使悦子轻而易举地忘记了美代的存在是她内心罪恶意识的原因这一点。她只想向三郎道歉，接受他的责备来惩罚自己。这一高尚品质之中，表现出一种明显的利己主义。这个看上去只为自己考虑的女人，实际上是第一次品味着如此纯粹的利己主义。

三郎留意到站在昏暗之中的悦子，便回过头来说道：

"您有事吗？"

"打扫完了吧？"

"是的。"

悦子来到房间中央，环视了一下四周。三郎穿着卡其色衬衫，袖管挽起，衬衫的肩部靠着扫帚纹丝不动地站着，他察觉到了这个像幽灵一般站在昏暗中的女人那汹涌澎湃的内心。

"我说，"悦子痛苦地说道，"今晚一点，你能不能在后面的葡萄园等我呢？在外出旅行之前，我无论如何都想和你谈一谈。"

三郎沉默不语。

"行不行？能来吗？"

"是，夫人。"

"来，还是不来？"

"我会去的。"

"一点钟，在葡萄园。别让任何人知道啊！"

"是。"

三郎机械地从悦子身边走开，用扫帚开始打扫其他地方。

十铺席客厅的电灯应该有一百瓦，可打开一看，亮度也就四十瓦左右。客厅因为这盏昏暗的电灯，反而让人觉得比天黑时的暮色还要昏暗。

"这样子没有气氛啊！"谦辅发话道。因为他的话，大家随后在整个吃饭期间都对电灯耿耿于怀，一个接一个地抬头看电灯。

而且，客厅很少见地摆上了平时不常用的待客用的食案。加上三郎，一家八口以背靠壁龛立柱而坐的弥吉为中心排成"コ"字形倒也可以，但是八人犹如有田烧①深底瓷盆中盛放的炖菜一般，身上落下了阴影无法看清楚彼此。所以根据谦辅建议，八人排成"コ"字形座次，聚拢在四十瓦亮度的灯光之下。因此，这情景与

---

① 日本佐贺县有田町为中心生产的瓷器，又名伊万里。

其说是宴会，倒不如说像是聚在一起加夜班搞家庭副业的样子。

大家共同举起斟有二级威士忌的玻璃杯干杯。

悦子被自己制造的不安折磨着，谦辅诙谐的样子、千惠子"青鞜派"①式的贫嘴、夏雄的开心大笑，她都视若无睹，置若不闻，就像登山家不断挑战险峰一般，悦子被不安和痛苦的力量所诱惑，引起了更多新的不安和痛苦。

尽管如此，悦子现在的不安之中存在着她独创的不安和某种异质的平庸之物。在实施解雇美代这一行动之时，这种新的不安的苗头就已呈现出来。她就这样渐渐犯了估量错误，这一错误的严重程度，或许甚至到了使她失去在这人世间被赋予的角色，失去她好容易才在这人世间获得的一席之地的地步。对某人来说是入口的地方，对她来说或许就是出口。这扇门位于消防瞭望楼那样的高处，所以许多人都放弃了爬向那个入口的念头。然而，悦子碰巧一开始就住在那里，她要打开出口的门走出这个没有窗户的房间。或许一开门她就会一脚踩空坠落而亡。绝不能离开房间这一前提，或许就是为走出这个房间而采用的所有聪明才智的唯一基础，可是……

悦子坐在弥吉旁边，所以她始终没有转移目光去看这个上了年纪的旅伴，她的注意力转向了正对面的三郎因谦辅劝酒而端起的玻璃杯。玻璃杯斟满了琥珀色的液体，在灯光下熠熠生辉，他那朴实而厚重的手掌就像如获至宝似的稳稳当当地端着。

"那样喝可不行！他今晚喝多的话，所有的一切都将付之东流。他喝得酩酊大醉睡过头的话，一切都会变糟。明明只有今晚了啊！

---

① "青鞜"是蓝色长筒袜的译名，包含有"新女性"的意义。1911年9月，平冢雷鸟创办了争取女性个性解放的文艺组织"青鞜社"，并创刊了文学杂志《青鞜》。

明天我就是远游之人了。"

谦辅正要再次倒酒的时候,悦子忍无可忍伸手挡住了。

"你可真是个讨人嫌的大姐姐,应该让可爱的小弟弟喝啊!"

谦辅当众讽刺二人的关系,这还是第一次。

三郎无法揣测这句话的真正含意,他不明所以地握着手中空空的玻璃杯笑着,悦子也装作满不在乎地笑着说道:

"因为未成年人喝酒伤身呀!"

酒瓶已被悦子夺了过去。

"悦子呀,就是社会上所说的未成年人保护协会的女会长呢!"

千惠子偏袒丈夫,表现出温和的敌意。

事情发展到这一地步的话,这三天来美代已离开这一讳莫如深的话题,也有可能被露骨地和盘托出。适度的热情和适度的敌意恰如其分地中和在一起所形成的冷淡,一直守护着这个禁忌。对此事假装不知的弥吉、好心遭到悦子拒绝的谦辅夫妇、几乎不怎么和三郎说话的浅子,不知不觉间正好达成了一个规定,三方遵循着这个规定,才使守护这一禁忌成为可能。但是,一旦有一方违反规定,危险就会立即出现在眼前。现在,千惠子当着悦子的面揭她的底这样极端的事情也并不是不可能发生。

"好不容易今天晚上下决心亲口向三郎说出实情,听他斥责自己,如果不得不看着别人将这些告诉他的话,我可怎么办!与愤怒相比,三郎会先把悲伤藏起来而保持沉默吧。更糟的是,他可能会考虑大家在场而笑着原谅我。一切就将这样结束了,那痛苦的预测、那无法实现的希望、那令人欣慰的毁灭,一切的一切都会结束吧。但愿在深夜一点之前不要有任何意外发生!但愿在我亲自处理之前不会发生任何新状况！”

悦子脸色苍白，就那样僵硬地坐着一声不吭了。

弥吉不由自主地开始觉悟到自己是一个对悦子的苦恼无能为力的同情者，即便他只能模模糊糊地把握悦子所感受到的危险的内容，但因为他积累了一定程度的历练，能够大致察觉她感到那种危险时的心理动摇程度。所以，这种场合下他看得很清楚，自己需要在谦辅夫妇面前宽宏大度地袒护悦子，即便是为了明天开始的开心旅行，这也是必不可少的措施。于是，他开始了长篇大论来拯救悦子。他对自己这一令满场扫兴的才能，从做社长的时候起就信心十足。

“三郎还是不要再喝啦！我在你这个年龄，别说酒了，就连烟也不抽啊。你不抽烟这一点令我欣慰。年轻时没有节外生枝的兴趣爱好，反而对日后大有裨益啊。过了四十岁再贪杯也为时不晚嘛。实际上像谦辅这代人，可以说还早着呢！当然，时代不同了，所谓的时代差异嘛，这个因素也必须考虑，尽管如此……”

大家都不说话了。突然，浅子发出了别无他意的怪叫：

“哎呀，夏雄睡着了！我去把这孩子安顿一下。”

浅子抱起靠着她的膝盖睡着的夏雄站了起来，信子也跟在后面走了。

“我们也学夏雄那样乖一点吧。”

谦辅察觉到了弥吉的情绪，以一种伪装的孩子气的口气说道：

“悦子，把酒瓶还给我吧，这次我一个人喝。”

悦子将心不在焉地放在自己身旁的酒瓶，又心不在焉地推到了谦辅面前。

即便她想将目光从三郎身上移开也已无法做到了。每次四目相对之时，三郎都难为情地移开了视线。

这样看着三郎，她就存心认为这是自己迄今为止无法逃脱的命运，又渐渐觉得已经深思熟虑的明天的旅行，突然就像一个飘忽不定，无论如何都要更改的计划一般令她惊慌失措。此时，存在于她脑海之中的地名并不是东京，若要将它勉强称作地名的话，那唯一的地名就是屋后的葡萄园。

杉本家的人俗称为葡萄园的地方，其实就是屋后弥吉现在放弃栽种葡萄的三栋温室和约百坪大小的桃林构成的一个地段，位于去游山和参加节日赛会时走的路线上。但是，除了这些时候，杉本家的人几乎不到这三四百坪的地段上来，这里就像一个大半废弃的孤岛一般。

……悦子早早地开始考虑在那里与三郎相会时的打扮，考虑怎样戒备以免弥吉觉察到自己的打扮，考虑穿什么样的鞋子，盘算着睡觉前神不知鬼不觉地把厨房后面那个吱呀作响的栅门打开，这些杂事令她心神不定。

退一步想，她觉得仅仅为了同三郎长谈，做这种神经兮兮的秘密安排，约好那样的时间，那样的地点，这些似乎都是无关紧要的辛劳，似乎是白费心机，荒唐可笑。在她的恋情鲜为人知的几个月前或许还可以，在已成为半公开秘密的现在，为了避免毫无用处的误解，白天在户外进行一般的"长谈"就行了。因为她所期待的长谈只是痛彻心扉的告白，而不是其他。

使她心甘情愿地期盼这些繁杂的秘密的，是什么事情呢？

悦子在这最后一夜想拥有哪怕是形式上的秘密，渴望同三郎之间拥有可能是最初也是最后的秘密，希望同三郎分享它。即便三郎最终没有给予她任何东西，她也希望从他那里得到一点带有危险的秘密。这种程度的礼物，无论如何也要从他那里索取，悦子觉得自己有这个权利……

　　从十月中旬开始，为抵御一早一晚的寒气，弥吉睡觉时已经戴上了那顶他称为"睡帽"的绒线帽。

　　对悦子来说，这是一种微妙的标志。弥吉晚上若钻进被窝时戴着这顶帽子，就意味着不需要悦子。不戴帽子睡觉的晚上，则需要她。

　　欢送会结束后，悦子在十一点的时候已经听到身旁弥吉的鼾声了。明天早上要启程，需要好好休息。睡觉时头上的绒线睡帽，稍微有点戴偏了，露出了白发苍苍、邋里邋遢的发际线。他头发斑白，无论过多长时间都不会变成纯白，给人一种不洁之感。

　　悦子没有入睡，借助为睡前阅读而打开的台灯灯光，她偷偷看了一眼那乌黑的睡帽。过了一会儿，她关了灯。若弥吉再次醒来，不能让他因自己看书看到太晚而觉得异样。

　　在黑暗中，悦子迫不及待地熬过了接下来的近两个小时。这种焦虑和一味狂热的梦想，使她将自己与三郎的幽会想象为无限喜悦之事。她忘记了自己为了让三郎憎恨自己而进行忏悔的课业，就像一个被恋情左右而忘了祈祷的尼姑一般。

　　悦子将特意藏在厨房里的便服套在睡衣外面，系好朱红色的窄腰带，围上彩虹色的旧羊毛围巾，穿上了黑绫子大衣。玛基被拴在大门旁的狗窝里睡着了，所以不用担心它叫起来。一出厨房的栅门，她看到夜深人静时分的朗朗天空，由于皎洁的月光而如同白昼一般。她没有直接朝葡萄园走去，而是首先走到三郎的卧室前。窗子敞开着，被子被推到了一边，他肯定从窗户跳下来先行去葡萄园了。这一实实在在的发现，为她带来一种意想不到的感官愉悦，使她心潮澎湃。

说是屋后，但葡萄园和住宅之间横亘着一片犹如峡谷般低洼的白薯地。而且，葡萄园朝向住宅的这一面覆盖着四五米宽的竹丛，从家里根本看不到温室的轮廓。

悦子穿过如峡谷般的白薯地，沿着杂草丛生的小路向前走去。猫头鹰在号叫，月光将挖完白薯的地里的松土映照得如同揉搓马粪纸而制作的山脉地形图。小路的一处被荆棘覆盖，留下了两三对从地里走过而留下的橡胶底运动鞋印，这是三郎的脚印。

悦子来到竹丛的尽头，爬了一会儿斜坡后，来到了可以在月光下将葡萄园这个地段一览无余的橡树树荫下。三郎双手交叉在胸前，迷迷糊糊地站在玻璃大多已经损坏的温室入口。

在月光下，他那理了平头的乌黑的头发显得格外分明。他没有穿外套，看起来似乎对寒冷满不在乎，只穿了件弥吉给的手织灰色毛衣。

他一看到悦子，就精神抖擞地松开交叉的双臂，脚跟并拢，从远处向她打招呼。

悦子走近了，但她无法开口。

过了一会儿，她环视了一下四周，这样说道：

"有没有坐的地方啊？"

"嗯。温室里有椅子。"

他的话里毫无犹豫、羞涩之意，这让悦子略感失望。

他低头钻进了温室，她也跟着走了进去。温室屋顶几乎没了玻璃，孤零零的框架子、干瘪的葡萄和叶子的影子，投射在地上的稻草上。一个被雨淋过的小圆木凳子倒在了地上，三郎用腰间的手巾仔细将其擦拭干净后劝悦子坐下，自己则将一个生了锈的汽油桶放倒坐了上去。但是，汽油桶不稳，所以他在铺了稻草的地板上像只小狗似的单膝立起盘腿坐了下来。

悦子沉默不语，三郎拿起稻草缠在手指上，使其发出声响。

悦子连珠炮似的说道：

"我让美代走人了！"

三郎若无其事地抬头看了看她，说道：

"我知道。"

"你问谁了？"

"从浅子夫人那里听说的。"

"浅子？……"

三郎低下了头，又将稻草往指头上缠，他不好意思正面看着悦子一脸惊讶的神情。

俯首帖耳的少年那看上去忧郁的神情，在出乎意料地被激发了想象力的悦子眼里，就是隐藏在那种令人震惊的坚强后的淳朴，那种无与伦比的淳朴背后的强烈而无言的抗议。这一淳朴使他在自己和恋人被蛮横无理地生生分开的情况下，在这一两天能够努力装出一副乐观的样子，最后终于从悲伤中走了出来。这种无言的抗议比

166

任何粗暴的辱骂都更刺痛人心。她就那样坐在椅子上，弓着身体，心神不定地把手指交叉握紧又马上松开，开始了轻声细语而又心潮澎湃的诉说。从她那时不时的啜泣声可以得知，她说话的时候在强烈地控制着自己激昂慷慨的情绪，但是，这声音听起来简直就像在生气似的。

"请你原谅我，我很痛苦，只好这样做呀！再说，你说谎了。美代和你明明那么相爱，你却对我撒谎说什么你并不爱她，我因为听信你的谎言才越发痛苦了。因为你浑然不觉，我饱受痛苦，为了让你了解这种痛苦，我觉得你有必要体会一下同等程度的无缘无故的痛苦。我是多么痛苦，你应该根本想象不到呀！如果那是可以从心里掏出来作比较的东西的话，我甚至愿将它和眼下你的痛苦比一比，看看谁的痛苦更大。我真的苦不堪言，无法控制自己，所以才将手伸向火中烧伤自己的呀！你瞧瞧，这都是因为你呀，这烧伤就是因为你啊！"

悦子将留下伤疤的手掌伸到月光下，三郎就像触到什么可怕的东西似的，轻轻碰了碰悦子那向后挺直的手指，又立刻缩了回去。

"在天理也见过这样的乞丐，他们炫耀伤口来博取别人的同情，这样的乞丐真是可怕。总觉得夫人有点像这种极其自命不凡的乞丐啊。"

三郎这样想。他甚至还没有考虑到悦子自命不凡的原因全在于她的痛苦这一点。

三郎至今还没有明白悦子爱着自己。

他费了很大力气试图从悦子绕着弯子的告白中找出自己勉强能理解的事实。眼前的这个女人悲痛欲绝，这一点毋庸置疑。虽然无从获悉其深层原因，但终归是三郎的原因她才痛苦。必须安慰痛苦中的人，他只是不知道怎样安慰她才好。

"好了，我的事的话，您不用担心。即便美代不在，也只是短时间的寂寞，没什么大不了的。"

很难判断这是不是三郎的真心话，悦子对三郎这一出人意料的宽容态度惊讶万分，但她那疑心重重的目光，仍然在这温柔而单纯的体贴之中，寻找着谦虚谨慎的谎言和不即不离的礼貌。

"你还要说谎到什么时候！自己和心爱的人被活生生拆散了，却还说没什么大不了的，怎么可能会这样！你这个人哪，我都真心表达了我的歉意，可你还把真心藏起来，打心眼里不想原谅我啊！"

在对抗悦子这种难以捉摸、异想天开的固定观念上，无法想象还会有比三郎那玻璃般纯洁的灵魂更束手无策的对手了。他不知所措，最后便想到悦子所责怪的归根结底是他说谎这一点。如果能证明刚才她所斥责的三郎的谎言——"并不爱美代"这句话是事实的话，那么她可能就会心平气和吧。想到这里，他用不容置疑的语气说道：

"我没有说谎，您真的不要放在心上，因为我并不爱美代。"

悦子不再抽泣，几乎要破涕为笑了。

"又来了！又说这样的谎话！你这个人啊，事到如今，还以为这种哄孩子的谎话能骗过我吗？"

三郎无所适从，在这个极其神经质的女人面前实在一筹莫展，只好保持沉默。

在这种温和的沉默中，悦子第一次松了口气，真真切切地听到了远处的夜行货运列车发出的汽笛声。

三郎脑海里浮想联翩，哪里还顾得上听什么汽笛声！

"怎么说夫人才信呢？不久前夫人还将爱不爱这一问题就像天翻地覆的大事似的拿来说事儿，但是，现在的夫人无论我说什么她都说是骗她而听不进去。对了，或许她想要证据。说出事实的话，她肯定会相信吧。"

他重新坐好，欠了欠身，突然鼓足勇气说道：

"我没说谎，我也没怎么想娶美代做老婆。在天理，我也将这件事给老母亲说了，老母亲根本就反对我结婚，说为时尚早。我哑口无言，她怀孕的事也没有提。老母亲越说越来劲，说什么讨那种不称心的女人做媳妇不值当，她还说那种讨厌女人的面孔看一眼都恶心，所以就没有来米殿，从天理直接回老家了。"

三郎笨嘴拙舌地讲出的这番极其朴实的前后经过中，充满了一种无法言喻的真实性。悦子贪婪地品味着犹如梦中的、随时都会消逝的一瞬间鲜活的喜悦，对此并无恐惧之心。听着听着，她的眼睛闪闪发光，鼻翼微微翕动着，如痴如梦地这样说道：

"你为什么不把这一经过说出来？为什么不早点说出来呀！"

接着，她又这样说道：

"是这样吗？你没带令堂来就是这个原因啊！"

她还这样说道：

"这样，你回到这儿后，觉得美代不在正好，对吧？"

这些话半吐半露，所以，悦子本人也很难将自己那不可理喻、絮絮叨叨的内心独白和脱口而出的自言自语在意识层面上区别开来。

在梦中，树苗可以在转瞬间长成果树，小鸟有时变得犹如拉车的马一般庞大。像这样，在悦子的梦境中，原本令人嗤之以鼻的希望也会转瞬间膨胀为指日可待的希望。

"或许三郎爱的就是我，我必须拿出勇气，必须要问问他怎么想的，不能害怕事与愿违。如果美梦成真，我就幸福了。就是这么简单。"

悦子这样想着。但是，不怕事与愿违的希望，与其说是希望，不如说是一种绝望。

"是吗？……那么，你到底爱谁呢？"悦子问道。

可以认为这个聪明的女人可能是犯了糊涂，现在这种情形，可以将二人维系在一起的不是语言，只要她把手温柔地搭在三郎肩上的话，一切便会迎刃而解。或许这两个不同性质的灵魂，通过手的相互摩挲便可水乳交融。

但是，语言却像顽固的鬼魂一般阻挡在二人之间。三郎没有领会悦子脸颊上飞起的清晰可见的红晕，他只是在这一问题面前退缩了，就像一个被问到数学难题的小学生一样。

"爱……不爱……"

又来了！又是这个问题！

这一暗语乍一看手到擒来，却为他一直以来得过且过、轻松自在的生活赋予了多余的意义。他只能认为这是为他今后要经历的生活设定了条条框框的、一种多余的概念。这个词作为日用必需品存在着，根据时间、情况的不同，有时甚至生命攸关。他没有一个房间来维持这样一种生活，非但没有，连想象也绝非易事。更何况拥有这种房间的人，为了毁掉房间，会做出诸如将整栋房子付之一炬的愚蠢行为。在他看来，这种事可笑至极。

年轻的小伙子就在少女身边，二人自然而然地接吻、交合，接下来美代腹中孕育了小生命。同样，因为某种说不清的自然而然的发展，三郎对美代不胜其烦，孩子气的打打闹闹成了家常便饭。但是，那种打打闹闹的对象不再仅限于美代，也可以是其他人。不，说不胜其烦可能有些欠妥，对三郎来说，已经到了美代不再是不可或缺的程度。

人，任何时候都是不爱一个人的话必定爱上另一个人；爱一个人的话就必然不爱另一个。然而，三郎却从来就没有按照这一逻辑行动过。

由于这个原因，他再一次对这一问题哑口无言。

将这个纯朴少年逼到这一步的是谁呢？将他逼至这般田地而做出敷衍塞责的回答的，又是谁的责任呢？

与情感比起来，三郎更想要依靠那种来自社会经验的判断，这是那种从小时候起就认识到吃人嘴软而成长起来的少年中常见的解决问题的方式。

这样一想，即便是三郎也能马上领悟到悦子的目光在暗示着要自己说出她的名字。

"夫人眼泪汪汪的，那么严肃。我明白了，靠谱的答案大概是希望我说出她的名字吧，肯定没错。"

三郎摘下身边乌黑干瘪的葡萄干，在掌心滚来滚去，他耷拉着脑袋，露骨地这样说道：

"就是您啊，夫人！"

三郎这种明显说谎的语气，这种与说不爱相比更露骨地告知他不爱悦子的语气，这种天真的谎言，要凭直觉感到这些未必需要一个冷静的头脑。所以，一直沉浸在白日梦中的悦子因为这句话重新回过神而站起身来。

一切都尘埃落定了。

她将双手按在夜色中变得冰冷的头发上理了理，然后用与其说是沉着倒不如说是慷慨的语气说道：

"行啦，我们该回去了。我明天一早出发，也得眯一会啊。"

三郎左肩微微下垂，不甘心似的站了起来。

悦子感到脖颈发冷，便将彩虹色的围巾往上拉了拉。她的嘴唇在干枯的葡萄叶子的阴影下，泛着淡黑色的光泽。

三郎直到刚才一直在疲于应对这种沉闷而棘手的场面。在此期间，他时不时抬眼望着的悦子，不是一个女人，而是某种精神的怪物，是某种莫名其妙的精神的肉团。那种赤裸裸的神经组织的肉团，时而苦恼，时而痛苦，时而流血，时而发出恍然大悟时快活的呼喊。

但是，三郎从站起身拢拢围巾的悦子的身上，平生第一次感受到了女人味。悦子正要走出温室，他伸开胳膊拦住了她。

悦子转过身子，目光如利剑一般看了看三郎的眼睛。

这时，就像小船的船桨在水藻丛生而变得阴暗的水中碰到了其他小船的船底一般，此时，虽然他们隔着数层衣服，悦子也能感受到他手臂那结实的肌肉与自己柔软的胸部切实地碰撞在了一起。

即便被她目不转睛地盯着，三郎也没有知难而退，他摇摇晃晃张开嘴，尽管没有出声，但却像安抚悦子似的快活地笑了笑，而且连自己都浑然不觉地快速眨了眨眼。

在此期间，悦子一言未发。之所以如此，难道是因为她终于领悟到语言无能为力这一点？难道是因为要她无法舍弃掉好不容易才切实到手的绝望，就像俯视深渊的人被其迷住了一般吗？

被将是非曲直抛于脑后的年轻而快活的肉体紧紧压迫着，她的皮肤汗津津的，一只草屐掉了，倒扣在了地上。

悦子反抗了，连她自己也不知道为何要反抗，她像是依靠着什么似的拼命反抗。

悦子被三郎反剪双臂无法动弹，她不断躲闪着三郎的脸，所以二人的嘴唇怎么都碰不到一起。焦躁使三郎站不稳脚跟，被椅子绊倒，单膝撞在了稻草上，悦子趁机从他臂弯里挣脱，跑出了温室。

悦子为什么呼喊，为什么呼救呢？她呼唤的是谁的名字？除三郎外，她渴望如此热切呼唤的名字又在何处呢？除三郎外，还有谁能够拯救她？尽管如此，她为什么呼救呢？即便呼救了又会怎样？她在哪里？要去哪里？……从哪里被救出来，又要送到哪里去，她心中有数吗？

在温室旁边茂密的芒草丛中，三郎对悦子穷追不舍，最后将她扑倒在地，女人的身躯深深陷入芒草丛中。二人被芒草叶子划破了手，血和汗一起渗了出来，却都没有察觉。

三郎脸上一片红晕，汗津津地闪着光。悦子近距离看着他的脸，心里想着人世间可能没有比年轻人那因冲动而英俊潇洒，因渴望而神采奕奕的神情更美的事物了。同这种想法截然不同，她的身体仍在抵抗着。

三郎用两只胳膊和胸脯的力量按住了女人的身体，简直就像挑逗一般用牙将黑绫子大衣的扣子咬开。悦子处在半无意识状态，她凭借自己那似乎要喷涌而出的爱恋，感受到一个又大又重的脑袋在自己胸脯上滚来滚去。

尽管如此，在这一刹那，她还是喊出了声。

与其说三郎对这声尖叫大为惊讶，倒不如说他那因为尖叫而回过神来的敏捷的身体早先一步想到了马上逃走。他考虑逃走，没有任何逻辑上、情感上的关联，硬要说的话，就像一只动物凭直觉感到生命危险而要逃走一样。于是，他一站起身，便朝着杉本家相反的方向逃去。

此时，悦子身上产生了一种令人吃惊的刚强力量，她从刚才所处的半是魂乱神迷的状态中迅即起身，追上三郎缠着不放。

"等等！等等！"

她呼喊道。

她越是呼喊，三郎就越是想逃。他一边跑，一边试图拉开缠在自己身上的女人的手。悦子用整个身体紧紧抱着他的大腿，被他拖着向前移动，她的身体在荆棘丛中被拖了近两米。

却说弥吉突然醒来，发现悦子并不在身旁的被窝里，就被一种不祥的预感折磨着去了三郎的卧室。他发现那里的床铺也是空的，窗子下面的泥地上留下了三郎的鞋印。

他下楼去了厨房，看到通往后门的栅门敞开着，月光照了进来。从这里出去，只能通往梨树林或葡萄园。梨树林的地面弥吉每天都收拾，到处覆盖着柔软的泥土。于是，弥吉便沿着通往葡萄园的路朝下面走去。

他刚迈出脚步便又折了回来，拿起了靠在仓库门口的锄头。这并非出于某种高深的动机，或许原本是为了护身。

来到竹林尽头之时，弥吉听到悦子呼叫，便扛着锄头奔了过去。

三郎不停地左躲右闪，已经疲于应付。此时，他回过头来，看到弥吉冲这边跑了过来，吓得两腿发软，又退了回来，喘着粗气等候弥吉来到自己面前。

悦子觉察到一心想要逃跑的三郎突然没了气力，就困惑地站起身来。她还没有感受到浑身的疼痛，就感觉到身边有一个人影，定睛一看，发现弥吉穿着睡衣手扶锄头站在那里。他敞着怀，呼哧呼哧地喘着粗气。

悦子面不改色，回头看了一眼弥吉的眼睛。

老人身体在战栗，他无法忍受悦子的目光，便垂下了眼帘。

这种懦弱不堪的犹豫激怒了悦子，她夺下老人手中的锄头，朝一头雾水地呆立在自己身边的三郎的肩膀砸了过去，锄头那冲洗得白花花的钢刃没有砸中肩膀，而是将三郎的脖颈割了一道口子。

年轻人的喉咙发出了某种微弱的被扼制住的叫声，他蹒跚着走上前来，接下来的一击斜着击破了他的头盖骨，三郎抱着头倒了下来。

弥吉和悦子注视着还在依稀挣扎着的身体，一动也不动。而且，除此之外二人什么都看不到了。

其实，也就是短短几十秒，但让人觉得像是陷入了漫长得没有尽头的沉默。之后，弥吉这样问道：

"为什么杀了他？"

"因为你没杀他。"

"我没有想杀他。"

悦子用疯狂的目光回望了弥吉一眼，说道：

"你说谎！你是想杀他的！我刚才就等着你行动。除非你把三郎给我杀了，除此之外就没有救我的办法。可是，你却犹豫不决，哆哆嗦嗦，窝窝囊囊地哆嗦着。这种情况下，我只好替你把他杀了。"

"你呀，是要把罪过推到我身上吗？"

"谁要你担罪！我明天一早就去警察局，我一个人去。"

"不必着急。可以想到的办法要多少有多少，即便这样，可你为什么非要杀死这小子不可呢？"

"因为他让我痛苦啊！"

"可这小子没有错啊。"

"没有错？！没那回事。事情成了这个样子，是他折磨我要遭受的理所当然的报应。谁都不许折磨我，任何人都不能折磨我。"

"谁能决定任何人不能折磨你呢？"

"我定的。我一旦做出决定，就绝不会改变。"

"你真是个可怕的女人。"

弥吉如释重负地叹了一口气，就像刚刚意识到自己不是凶手似的。

"这样好不好，你不要贸然行事，我们好好想想怎么处理吧。

在此之前，让人发现这小子就不好办了。"

他从悦子手中拿过锄头，锄把溅上了血滴，湿漉漉的。

接下来，弥吉的所作所为有些匪夷所思。有一个地段旱稻已收割完，土质松软，他就像一个深夜耕作的农民那样，在这个地方全神贯注地挖起坑来。

挖一个浅浅的墓穴要花费不少时间，在此期间，悦子坐在地上，凝视着俯卧在地上的三郎尸体。他毛衣微敞，在与毛衣一道翻上去的卡其色衬衣下面，露出了背部的肌肤，肤色隐隐呈现出毫无血色的苍白。他的侧脸埋在草丛之中，仿佛在笑，嘴巴因为痛苦而扭曲着，从中可以看到那白得刺眼的牙齿。在流出脑浆的额头下方，眼睑紧闭，犹如深陷进去了一般。

弥吉挖完墓穴，来到了悦子身边，轻轻拍了拍肩。

尸体上半身沾满了血，没有可以下手之处，弥吉便抬起尸体的双脚，从草地上拖了过去。夜幕下也可以看到黑色的血滴在草地上形成了一道血痕。三郎头部上仰，每次碰到石头和坑坑洼洼的地面，看上去就像在频频点头。

尸体横躺在浅浅的墓穴底部，两人匆匆忙忙朝上面盖上土，最后只留下那张嘴巴半张、眼睛紧闭的笑脸。他的门牙在月光下闪闪发光，煞是洁白。悦子扔掉锄头，将掌中松软的泥土撒向他的口中，泥土落进了那如同洞穴般黑魆魆的口腔。弥吉从旁边用锄头拢过来大量泥土，掩盖了死者的遗容。

厚厚地埋上一层土之后，悦子便用穿着布袜子的双脚将土层踩实。松软的泥土让她油然生起一种亲切之感，仿佛是踩在肌肤上一样。

在此期间，弥吉仔细地查看地面，抹掉血迹，盖上泥土。之后又慎重地踩踏一遍，隐藏痕迹……

二人在厨房里洗去手上的血迹和泥土，悦子脱掉溅上大量血滴的大衣，脱下了布袜子，她找到散落的草履穿在脚上。

弥吉的手不停抖动着，甚至无法舀水。心平气和的悦子舀了水，一丝不苟地冲洗着流在水槽里的血水。

悦子拿起揉成一团的大衣和布袜子先行离去，她觉得被三郎拖行时擦伤的地方微微发痛。尽管如此，但这并不是真正的疼痛。

玛基在吠叫，片刻之后，它的声音也销声匿迹了。

……睡意突然就像恩宠一般袭向了钻进被窝的悦子，这种睡意该如何形容呢？弥吉目瞪口呆地听着身旁悦子沉重的呼吸，这是长久的疲劳，是没有尽头的疲劳，是一种即便与悦子刚才所犯之罪相比也是深不可测、心力交瘁的疲劳……莫如说是由为达到某种有效行动而积累起来的那种千辛万苦的记忆构成的心满意足的疲劳……为什么如果不是作为这种疲劳的补偿，人们就无法拥有如此纯粹的睡眠呢？

悦子在或许是第一次得到的这一短暂的安宁之后醒了过来，周围漆黑一片，挂钟正沉闷地一秒一秒计算着时间。身边的弥吉没有入睡，浑身在打着哆嗦。悦子也不想出声，她的声音，无法传达给任何人。她勉强睁大双眼朝黑暗中望去，可什么也看不到。

耳畔听到的，是远处的鸡叫声。此时，距天明还有相当长的一段时间。鸡叫声此起彼伏，不知远处什么地方的鸡叫了一声，另一只就像呼应一般鸣叫起来，接着又有一只叫了起来。深夜的鸡叫声交相呼应，不知什么时候能够结束，鸡叫声一成不变地继续着，无休无止地继续着……

……但是，什么事情都没有发生。

一九五〇年五月十七日

三岛由纪夫
愛の渇き

图书在版编目（CIP）数据

爱的饥渴 /（日）三岛由纪夫著；兰立亮译 . —上
海：上海译文出版社，2023.5
（三岛由纪夫作品系列）
ISBN 978 - 7 - 5327 - 9210 - 8

Ⅰ.①爱… Ⅱ.①三… ②兰… Ⅲ.①长篇小说－日
本－现代 Ⅳ.① I313.45

中国国家版本馆 CIP 数据核字（2023）第 038086 号

爱的饥渴	[日] 三岛由纪夫 著	出版统筹　赵武平
愛の渇き	兰立亮 译	责任编辑　许明珠
		装帧设计　柴昊洲

上海译文出版社有限公司出版、发行
网址：www.yiwen.com.cn
201101　上海市闵行区号景路 159 弄 B 座
上海信老印刷厂印刷

开本 890×1240　1/32　印张 5.75　插页 2　字数 98,000
2023 年 4 月第 1 版　2023 年 4 月第 1 次印刷

ISBN 978 - 7 - 5327 - 9210 - 8/I·5731
定价：40.00 元